Vapor barato

Wilson Alves-Bezerra

Vapor barato

ILUMI/URAS

Copyright © 2018
Wilson Alves-Bezerra

Copyright © desta edição
Editora Iluminuras Ltda.

Capa
Eder Cardoso / Iluminuras
sobre *O passeio oculto do capitão*, fotomontagem de Augusto Meneghin

Revisão
Cícero Alberto de Andrade Oliveira

CIP-BRASIL. CATALOGAÇÃO NA PUBLICAÇÃO
SINDICATO NACIONAL DOS EDITORES DE LIVROS, RJ
A477v

    Alves-Bezerra, Wilson, 1977-
       Vapor barato / Wilson Alves-Bezerra. - 1. ed. - São Paulo : Iluminuras, 2018.
    140 p.

    ISBN 978-85-7321-596-0

    1. Romance brasileiro. I. Título.

18-53003   CDD: 869.3
                              CDU: 82-31(81)

2020
EDITORA ILUMINURAS LTDA.
Rua Inácio Pereira da Rocha, 389
05432-011 - São Paulo - SP - Brasil
Tel./Fax: 55 11 3031-6161
iluminuras@iluminuras.com.br
www.iluminuras.com.br

Com um psicanalista, passei eu tardes inteiras às voltas com a numerologia do "Apocalipse", cujas revelações (chegamos a essa conclusão, aliás apoiados em certas correntes exegéticas), para terem um verdadeiro sentido de conjunto, devem ser procuradas num esquema numerológico. Incrível, mas o psicanalista suicidou-se passado um mês! Chamava-se Fernando Medina. Ele procurava conciliar uma quantidade de coisas inconciliáveis; suponho que morreu disso, de inconciliação. Como se morre de insolação. Há sóis demasiado fortes para as nossas cabeças.

Herberto Helder

(Carta a Maria Lucia Dal Farra,
De 31 de setembro de 1978)

1

— Quero ir embora desta porra.

— ...

— Já deu para mim.

— Continue.

— Para mim este país acabou. Desculpa. Eu venho aqui há séculos. Avançamos. Mas ficou inviável, para mim, continuar. Hoje cuspiram em mim na rua, por causa da minha camisa vermelha. Não é mais porque sou preto, porque sou nordestino. Hoje é porque minha camisa é vermelha. A gente pensa que avança, mas não avança, a gente anda em círculos. A gente pensa e a porra toda vira de novo. Como se os últimos cinquenta anos não tivessem acontecido.

— E para onde você quer ir?

— Eu quero é sumir daqui. Consegui um visto. Dez anos. É mais tempo do que eu preciso. É a chance que eu preciso. Era para ser uma viagem curta, de trabalho, mas eu posso simplesmente não voltar. Deixar meia xícara de café na mesa, a pasta de dente aberta, as contas sem pagar. Como o Belchior, sabe? Apenas um rapaz latino-americano sem dinheiro no banco. Dar no pé. Os livros abertos, a grama crescendo, a unha-de-gato invadindo a casa inteira, as maritacas comendo a borracha dos fios até um curto circuito que faça a casa queimar. Não voltar mais. Não ter mais a casa. Ir embora.

— Estados Unidos?

— Estados Unidos, Canadá, Cuba. Tanto faz.

— O que vai fazer um rapaz sul-americano no hemisfério norte?

— No Hemisfério Norte?! O que é que eu vou fazer aqui? Não aguento mais esta violência toda. Violência simbólica. Leis rasgadas.

— A cusparada?

— O cuspe. A violência toda. Ontem tive uma crise de choro com o noticiário da noite. Isso nunca me aconteceu. As vozes veludosas da televisão e do rádio deveriam informar e deixar a gente tranquilo. Eu sempre gostei de rádio, e agora quero jogar rádio e televisão na parede. Porque ficou insuportável, sabe? Faz uns dias que parece que eu acordei em outro país. Eu preferia um golpe do bom, clássico, daqueles com exército, que todo mundo entende mesmo que aconteceu. Deste jeito, parece mais a Guerra do Golfo, a gente se divertindo vendo *Space Invaders* no noticiário. Na televisão, a última década virou uma mentira, eu virei um bandido, e a pior corja da vida pública nacional vem posando de moralizadora.

— Você acha realmente que é o discurso da moralidade o que está em jogo?

— Claro que não. Este discurso é uma máscara. Ontem mesmo ouvi uma música que não conhecia, um videoclipe, *Mil faces de um homem leal (Carlos Marighella)*. Aquele fusca antigo, a voz do Marighella transmitida no rádio, nem sei se aconteceu mesmo, ou se foi um sonho do Mano Brown. Mas o negócio é que havia uma rádio, Rádio Libertadora. Ao fundo a voz do Marighella iniciava uma transmissão pirata e pedia que todos os operários se preparassem para o combate físico, para o confronto armado, para a batalha. Evocava o povo a criar um exército de libertação. Acho que o Brown sonhou mesmo. Porque se isso já era impossível nos anos sessenta, hoje ia ser um tiro na água.

— E você quer fugir?

— Eu fico assustado: estão todos dormindo, defendendo uma moral que não é de ninguém, ou esvaziando a revolta com umas piadas no facebook. Como eu posso não vomitar? Vômito quente e orgânico, sabe? Como eu posso não querer enterrar minha bandeira no gelo de alguma islândia?

— Qual é a sua bandeira?

— Eu não tenho mais bandeira. Cada dia que passa eu tenho mais vergonha da bandeira que eu tinha. E mudar de país é perder a bandeira. Eu quero me exilar de todas as pátrias, de todas as línguas... quero só que acalmem minhas palpitações. Meu coração não me obedece mais. Eu vou adoecendo a cada vez que saio na rua, a cada vez que abro o jornal, a cada vez que encontro um colega — que ficou ainda mais boçal que na véspera. Quero fundar um fora universal. A boca seca, o suor que percorre o corpo inteiro. E eu acho que se eu ficar aqui, eu vou enlouquecer de vez.

— Enlouquecer? Você fala da situação do país, mas seus medos são aqueles dos quais você falou sempre... O que tem diferente agora?

— Esta noite eu sonhei com minha irmã mais velha. Eu dizia para ela que o apelido dela quando criança, já nem me lembro por que, era tatu-bola. Ela começa a chorar no mesmo momento em que eu falo isso. Quando chego no quintal dos fundos, tem três gatos rajados, que poderiam começar a brigar. Quero acender a luz para saber qual deles é o meu; logo eu, que não tenho gato nenhum. As luzes não acendem, os gatos se preparam para o ataque. Assim acabava o sonho.

— A que você associa isso?

— Tem um poema, que fala de um deputado que tem prazer em enfiar ratos no cu. No próprio cu, sabe? Tem gente que compara sempre os políticos com ratos; mas tem uma imagem que não me sai da cabeça, sabe? Foi desde que li o *Brasil: Nunca Mais!* Não são os políticos, são os milicos. Uma das formas de tortura na ditadura era enfiar ratos no cu dos militantes presos. Quando criança, eu mal consegui olhar para uma ratazana morta, cheirando mal, no meio do lixo de um terreno baldio. Aí, adolescente, pensei nos ratos no cu de uma mulher, de um militante, no meu. Meu vizinho e eu — eu era criança, devia ter uns cinco anos, apostamos — ele propôs um campeonato de cuspe; quem errasse teria que comer a carniça do rato. Perdi.

— De novo o cuspe.

— De novo.

— Quem é o rato, afinal?

— Eu, ainda mais novo, nem tinha aprendido a falar, um dia enfiei um tatuzinho bola daqueles no ouvido. Quem sabe eu queria saber o que ele tinha para me dizer. Hoje, ninguém me tira da cabeça que roubaram o meu voto. E ninguém me ouve quando reclamo. Eu votei na porra da eleição, aí inventaram de dizer que não ia valer o meu voto. Criminalizaram a escolha que eu fiz. Agora virei o cúmplice dos criminosos, por conta do meu voto. De repente, sou não uma ratazana, mas um camundongo de pescoço quebrado, no meio do lixo. Esperando me cuspirem de novo.

2

— Um pesadelo. Bom, nem precisava dizer. Se fossem doces sonhos, não estaria aqui. Enfim... sonhei que ia entregar um relatório no trabalho. Eu ia com muito medo. Eu temia que, pelo atraso, me prenderiam. Eu sabia que estávamos num regime de exceção, então eu tive medo de verdade. Uma angústia que durava a noite toda. Entregar os papéis e já sair de lá acorrentado, no porta-malas de uma Veraneio flamenguista. Quando acordei, disse, aliviado, para minha mulher: sonhei esta noite que não fui preso. Acho que até sorri.

— Por que a insistência na ditadura?

— A insistência não é minha, seu pulha. Será que você não percebeu que quando se começou a falar em golpe neste país, abriu-se a porteira do inferno? Tem gente pedindo a volta dos militares; tem golpista reclamando que o golpista é o golpeado. Tem deputado se arreganhando para o Ustra. É estranho. Um discurso coletivo desmoronando. Em 1964, eu não tinha nascido. É tão fácil ir acompanhando os acontecimentos, mas é como se ninguém mais partilhasse a mesma versão. Como uns poucos sofrêssemos de autismo sociológico. A história não se repete. Eu votei, votei para presidente com muitos outros, em um país que era uma democracia já há alguns anos, com umas regras em que a gente acreditava, que eram partilhadas por todos e, de repente, de repente não. Não mais. De repente a dimensão da chantagem do chefe da câmera dos deputados, umas denúncias da imprensa sobre coisas que a gente sabe desde sempre e que foram as práticas coletivas na política nacional,

11

com todos os presidentes dos últimos mandatos, e é um complô que vai ganhando corpo.

— Prossiga.

— No sábado, eu vi o filme do Getúlio Vargas, o velho sendo cercado numa espiral trágica, numa perseguição sem-fim. Era o Brasil, anos cinquenta, as últimas semanas até chegar naquele tiro; mas não era o Tony Ramos, era a presidente, eu assistia o filme e eu via a presidente repetir a história, igualzinha, mas sem a bala no peito, sem o exército na rua. Mas a história não se repete. A história se degenera. Não há novidade, não há melhora. Só um arremedo pior, mais cínico, transmitido em *full hd*. Higiênico como tudo hoje em dia.

— Higiene? Da última vez você falava em ratos. O que lhe perturba?

— Os ratos no cu das madames. Os ratos no intestino das criancinhas rosadas. Eu mesmo cagando minha vida burguesa. Minha augusta vida burguesa de ler, escrever, vir aqui e jogar jogos de linguagem, com sonhos noturnos e conflitos cotidianos. De repente, enquanto empobrecia, meu dinheiro comprava menos, eu ia ficando cada vez mais preto, cada vez mais comunista, cada vez mais diferente daqueles com quem até uns meses atrás eu compartilhava o espaço. Se eu me lembrar da gente com quem eu compartilhava o clubinho burguês da cidadezinha do interior de cujo nome não quero me lembrar, já penso que era noutro país, um país de ópio e de brioches. Hoje é um país de rolas voadoras. E eu já nem falo mais com certa gente. Já não vou aos mesmos lugares, porque, de repente, um passado recalcado, e que eu não conhecia, recoloca os peões no tabuleiro, separa os que comem pão com ovo e os que comem brioches com queijo *brie*. Troquei meu bem-estar por um ódio a uma burguesia porca, que arrota preconceito de classe. E eu voltei a ser o filho dos migrantes, passei a lembrar onde foi que eu nasci, na última fronteira da cidade, na periferia mais distante, ouvindo, para acordar de madrugada, o canto repetido de uns galos, umas modas de viola, para ir, de ônibus intermunicipal lotado, ao trabalho com meus pais. Que morávamos numa casa construída em tarefas conjuntas no fim de semana, que não tinha portas internas, e que só tivemos um chuveiro elétrico quando eu já tinha seis anos. Que a criança que eu fui nunca teve um quarto só seu, e que dormia em cantos improvisados, sem nunca ter tido um videogame, e quando começou a ir ao *shopping* tinha sempre receio, porque os seguranças olhavam feio, e se o alarme da loja disparasse, tinha que abrir a mochila para mostrar a eles que de fato era inocente. Que tinha sempre que esperar o guarda dizer "Está liberado" e, depois de cento e cinquenta anos que eles dizem "tá liberado", a gente continua na maldita escravidão. Abençoados sejam todos os rolezinhos, que o único jeito de os meninos da periferia terem voz é gritando, é correndo pelos corredores cheirosos e refrigerados como uma horda de *vikings*.

— Você deixou de ser burguês? Você reinventou um passado proletário? O que está em jogo para você?

— O passado se reorganiza, como o Jorge Luis Borges dizendo que ao pegar um punhado de areia do deserto ele modificava o Saara. Eu nunca pensei que comigo, que com a história do meu país, poderia ser assim. Hoje me dou conta de que fui um burguês de ocasião, o penetra da festa. E que hoje não são os outros que me olham feio, sou eu mesmo, que tenho nojo da classe. A antiga narrativa triunfal de quem veio da pobreza vai se transformando na história amargurada dos derrotados, dos tortos, dos humilhados. É assim.

— Que história?

— Um professor meu amigo, um velho, de cuja amizade eu me orgulhava. Da última vez, porque teve que ser a última vez, ele, já senil, num almoço agradável, que era para celebrar a amizade, ele, que já nem consegue mais articular o núcleo das frases, tudo lhe escapava. Ele. O dedo. O dedo dele. O indicador. Puxando para dentro um gatilho imaginário, ele disse: duas balas, só duas balas, uma para cada um deles, e estava tudo resolvido.

— Quem ele queria matar com o gesto? Você?

— A presidência da república, a história recente do Brasil, a nossa amizade. Quanta coisa se derrubava com aquele tiro. Matava minha mitologia, minha redenção de classe, minha ilusão de me sentar à mesa com intelectual de outra classe social, de outra geração. Como é que a gente pode perder um amigo? Perder um amigo assim. Perder uma estética conjunta. Em nome de um arremedo de ética que volta algumas casas no tabuleiro e manda repetir as últimas duzentas e trinta jogadas. Nestas horas, doutor, vai se abrindo um fosso, o verniz da igualdade escorre como a maquiagem daquele velho no fim do filme *A morte em Veneza*. Tudo acabou morrendo um pouco assim. Um pouco, ao menos. Caiam as máscaras, como se diz por aí, num lugar comum de dor.

— Como são essas máscaras que caem?

— Elas atualizam, doutor, as posições: quem pode prender e quem só pode é ir preso. A gente vê nesta hora. E a gente entende com clareza, nessa hora, qual é o nosso lugar neste jogo.

— E qual é?

— Trabalhar feito escravo, tramando a queda dos chacais e sempre com medo da iminente prisão. Porque a gente tem um limite nesta gaiola. Na cordialidade, a gente nunca ultrapassa este limite. Até que...

— Até a próxima semana.

3

— Acabei vendo que o Marighella invadiu mesmo a Rádio Nacional, em 1969. Naquele tempo, as pessoas ouviam rádio, meu caro. Hoje teria que invadir o celular de cada cristão, e talvez não acontecesse nada, porque ia estar todo mundo distraído olhando o facebook ou o whatsapp e fazendo cácácá.

— Você tem pensado em agir de algum modo? Da outra vez, você falou em fugir. Agir ou fugir?

— Eu preciso gritar de algum modo, sabe? Não acho normal que os anos sessenta, de uma hora para outra, fiquem novamente atuais. É anacronismo demais. Retomarmos uma moda política. Atualmente, já não há nada a ser dito, porque no livro de areia virtual, todos já disseram tudo, ninguém leu e os babuínos já uivam em aprovação ou protesto, com igual veemência e convicção. Ninguém mais quer discernir.

— Lacan falava que o sentido rola como um barril. O que dizer de um tempo em que os sentidos estão suspensos, em que parece também, por vezes, estar suspensa a Lei?

— Um dos poetas preferidos do seu psicanalista favorito disse, em seu segundo manifesto, que o certo e verdadeiro ato surrealista seria sair à rua, dando tiros a esmo. Que ideia...

— Perguntei se você pensava em agir.

— Dar tiros a esmo não é para mim.

— O terrorismo e a militância armada não são questão de mira. É planejamento e estratégia. Você já leu o livro do Che?

— Che e Lacan em duas frases seguidas do meu psicanalista. Quem diria...

— Quem diz aqui é você.

— Não. Minha personalidade parece que me impede de sair dando tiros. A revolução, como ideia, não se sustenta num mundo sem utopia. Cinismo demais para qualquer revolução. Nem nos meus quinze anos eu achava isso possível.

— Você está pensando em agir ou não, afinal?

— Quanta insistência! O doutor quer saber se vou passar ao ato? É isso? Passar ao ato?

— Você tem estado agitado. É importante que você se pergunte até onde está disposto a ir, nesta situação que, salvo engano, ainda é bastante nebulosa para todos. E ainda, a quem destinar este ato? Um ato suicida é um ato para quem? E um ato militante ou um ato de fuga, a quem seria destinado? Há muita libido, mas para que lado ela vai ser direcionada? Esta é a pergunta essencial desta vez.

— Quer que eu te diga? A minha vizinha, no trabalho, tem relatado perseguições. Aqui na rua ela nem fala comigo. Diz que é para minha segurança pessoal. Mas no trabalho, nas reuniões, ela diz que é abordada por gente lá no bairro, gente que ela não conhece, que outros moradores do prédio também olham feio quando ela passa; que a polícia já lhe enviou uma carta pedindo que compareça à delegacia para prestar esclarecimentos, sobre atividades pregressas. Não faz muito sentido, entende? Mas é fumaça que vem do inferno quando abriram a porta do Golpe! A poeira das catacumbas. De agora em diante, qualquer um pode se levantar da cama e despertar noutro tempo.

— O que você acha disso?

— Hoje eu me sinto mais calmo. Mas a paranoia se instala para todos. O mesmo barril que derruba governos, derruba gente também. No fim das contas, tenho a sensação de que todo mundo vai adoecendo, e não é o editorial do jornal que vai decidir se a gente tem motivos ou não.

— Você acha que tem motivos?

— Sonhei, esta noite. Eu estava num barco, num rio caudaloso, águas turvas. Eu saía do barco, no meio da viagem, no meio da correnteza. Ia me deslocando na direção da outra margem. De repente, me dou conta de que não sei nadar. Que o rio é profundo demais para mim. Por sorte, nesta hora, estou sobre uma superfície firme – um banco de areia, um rochedo, uma ilha –, mas calculo que o fundo do rio tem cerca de quatro metros e meio. Fundo o suficiente para morrer para sempre. A travessia não teria mais de dez metros, mas o corpo que habito talvez se afogasse antes, talvez não. Sinto a angústia e o desespero da morte, porque a vacilação já é mais de meio caminho para a morte, da morte na praia, como diz o ditado, tão perto do fim da travessia. A ansiedade de estar na iminência de me lançar à água, o que parece tão simples e tão arriscado. Olho de repente para minha mão esquerda. Quero desaparecer, mas me dou conta de que tenho uma boia nela. Uma boia. Isso me produz um alívio e, ato contínuo, mergulho, e cruzo com tranquilidade para a margem oposta do rio.

— O que você acha que lhe produziu este sonho, assim, pacificador?

— Não era pacificador. Ou ao menos não foi até o instante final. Ter encontrado a solução que encontrei, me parece, foi o que me trouxe a paz. Algo que magicamente já estava à mão.

— E o que foi de fato o mais fácil? Pular fora do barco ou completar a travessia?

— Pular fora do barco é fácil, não? Seu lacaniano de araque. Mas não foi isso que eu fui fazer. A travessia na água tinha toda sua complexidade. Fiquei grato de chegar ao outro lado vivo. Eu estou lhe dizendo, não adianta vir nem com ironia nem com escárnio. Eu pago o preço das viagens que faço, para dentro ou para fora. Eu quero, sim, ir embora, mas não poderia e não irei. Estou lambuzado demais nesta porra, para conseguir qualquer sobrevida estando longe daqui. É nesta terra mesmo que vou agir.

— Neste rio ou nesta terra?

— Nesta terra movediça. Nesta porra.

4

— Meus colegas, os poetas jovens, escrevem sobre os móveis novos da sala vazia, escrevem sobre o emprego adiado, sobre a prestação atrasada do financiamento, e sobre a gravidez ou o aborto da namorada por quem estão apaixonados há duas semanas ou há menos de um mês. Os poetas jovens pensam que a política se resolve em termos de uma nova eleição ou de uma conscientização poderosa obtida em passeata em frente ao Caetano de Campos. Meus colegas, os poetas cada vez menos jovens, acreditam na independência da literatura em relação ao *mainstrean* do bar — absurdo, a cerveja em quantidade que já não é possível tomar.

— E que tipo de poeta você seria, então?

— Um poeta em prosa, claro, dos que não puxam o gatilho, não acreditam em conteúdo, não acreditam no trabalho, embora trabalhem muito, já não se perguntem sobre as relações de força do bar, mas as relações entre os poderes do país e, a despeito de serem ateus e ressentidos, acham que a forma ainda pode ser uma saída, para um país sem leitores, mesmo que a longo prazo.

— Um esboço de utopia, não?

— Será?

— Apesar de todos os nãos da sua frase, há uma crença na forma. Na imagem.

— De alguma trincheira um poeta há de atirar.

— Mas era isso que eu lhe perguntava: vai ser apenas um tiro verbal, uma metáfora, uma hipérbole? Você diz que não puxa o gatilho, mas suas associações circulam neste âmbito. Como seria atirar de outro modo?

— Às vezes penso nos tiros. Quando vejo que não há mais mediação na vida coletiva, chego a fantasiar a mediação pela bala. Logo me vejo entre o simplismo dos dois tiros do velho, os tiros a esmo do Breton e a impossibilidade de escolher as vítimas. A minha bala de prata não seria suficiente. Um terrorista sozinho não tece a manhã; ele precisaria de outros tantos, que já não seria vida. Tiros em têmporas, em palácios presidenciais, em assembleias, em superiores tribunais; tiros em tanques de guerra, em generais, em estetas, em conservadores e radicais; tiros em empresários, tiros no pé, nas águas, nas ideias, tiros nos tiros, rajadas de critério na água dos pulhas; tiros generosos, diversos, tiros tristes, tiros livres, tiros no ar. A educação pelo tiro. Quem quer ser o Bush, o Sadam ou o Bin; quem quer ser o Ustra outra vez?

— Por isso só tiros verbais?

— Eu recuso o seu simplismo. A sua pretensão de me tratar. Não vim aqui para você me tratar. Vim aqui porque eu reivindico o direito de dizer as coisas de mais grave consequência, sem o enlouquecimento. Sem a repressão dos olhos da rua.

— E você acha que eu lhe ofereço a cura?

— E quem poderia curar um exilado do seu exílio? Quem poderia curar um padre de suas hóstias? Curar um homem de seu sintoma, se, ao fim, é tudo o que lhe resta.

— Não falemos em cura.

— Eu espero que você não seja um oráculo. Aliás, não espero muito mesmo. Você é meu anteparo verbal nestes dias. Eu sempre pensei no consultório como um lugar de assuntos graves, de ordem pessoal. Do trauma, do amor perdido, da morte, da grave decisão. Mas, no cotidiano, a conversa, mais que nunca, virou miragem. Não há possibilidade de dialogar; pela gritaria, pela paranoia, pela surdez de quem antes conversava. As pessoas já não têm opiniões: há outra voz que grita pela boca delas. A voz que eu ouço na boca dos primos, dos amigos, é uma voz psicótica, urrante, das cabeças que assassinam. Então o consultório virou a brecha de um dizer não tolhido pelas ideologias. Se há uma utopia hoje para mim ela é esta: uma sala e um divã, isolado do mundo de fora, sem a fala dos comentadores, sem escutas da polícia, sem tomada de depoimentos, sem condução coercitiva, sem nenhuma liminar, sem a patrilha.

— Patrilha?

— Patrulha. A patrulha da quadrilha de cada qual.

— Qual sua patrilha?

— A universidade, os amigos burgueses, os amigos dos partidos, a família. Em cada esquina, uma tribo mafiosa que coleta seu quinhão. Por isso é que a psicanálise que eu sonho hoje virou uma embaixada, um território no qual se possa, alternativamente, pensar e não pensar. Onde até o Assange tenha o direito de passar uma confortável hora, associando e comendo biscoitos de chocolate americano.

— Confortável?

— Um psicanalista reclamar de conforto, do alto da sua cadeira de trabalho, só pode ser um escárnio, meu bem!

— Mas esta foi uma expressão sua, se referindo a uma análise.

— Estava se vingando? Pois saiba que entre morrer na cadeia e passar uma hora numa associação psicanalítica, a psicanálise parece bem mais agradável para mim. Você sabe bem que o Frantz Fanon, aquele psiquiatra da Martinica, tratava torturadores em seu divã, tratava homens dos dois lados da guerra, da guerra da libertação da Argélia, da qual ele mesmo participava e na qual matava gente também. Meu caro, num mundo sem religião, sem mediações éticas no trato com a política, um divã tem, sim, que ser um local de conforto, a despeito de todas as resistências e dos mal-estares que possa produzir o inconsciente.

— Continue.

— Eu me pergunto sobre Frantz Fanon, nas coisas que ele diz naquele apêndice dos *Deserdados da terra*. Ele lutava por um país, não o país dele, claro, a Martinica. Mas um duplo do seu país, no continente africano. Lutar pela Argélia ou ficar no conforto de um consultório, tratando a desgraça humana? Ora, a gente sabe que ele tomou as duas opções, de uma só vez: ele tratava as desgraças nas quais ele estava implicado. Quem sabe se ele não ouviu um dia, em seu divã, o relato do assassinato de um parente da boca de um paciente seu, perpetrado, em combate? Tudo o que eu quero saber, neste momento, é se num estado de exceção, um psicanalista vai continuar sendo um psicanalista ou se vai partir para o combate. O que vai dizer a ética da clínica na hora de fazer tombar o primeiro corpo?

— E o que você acha?

— Que se estará diante de uma questão trágica: a lei da clínica – que vedará partir para a ação desta forma, que impedirá o psicanalista de ceifar a vida de um semelhante – e também a lei que impele um cidadão a lutar pela retomada da democracia em seu país, a lei revolucionária. Esta questão não se resolve, segundo penso, no divã.

— Onde se resolverá?

— Onde se resolverá.

5

— Pode se sentar.

— Obrigado.

— E então?

— Da última vez eu me perguntei algo novo. Se a psicanálise era possível ou desejável num estado de exceção. A psicanálise entrou na história quando eu pensava se era possível me engajar nalguma forma de resistência, de luta armada, ou mesmo de fuga.

— É este o seu resumo da última sessão?

— Claro, e eu imagino que o seu era um bolão: se você ia perder mais um paciente por calote, por morte ou por fuga.

— Que espirituoso!

— É. É o meu resumo daquela sessão.

— Pois bem, submeter-se a um processo psicanalítico era uma possibilidade, então? Não apenas vir ao consultório e sentar-se. Mas participar do processo. É isso?

— Sim, mas não me decidi ainda. Sei que venho por outra coisa no consultório. Nunca me deitei num divã. Nunca me decidi a arrastar as correntes do inconsciente pelas alamedas da favela maternal e familiar. O que tenho feito é me aliviar, sem amor, sem paixão. Acho que para mim, nesta etapa da vida, da minha vida pessoal, e da vida nacional, seu trabalho nunca esteve tão perto da prostituição.

— Você acha então que seria possível dizer: doutor, como você gosta de me chamar, me apaixonei pela puta.

— Como?

— É pueril da sua parte achar que não está engajado no que acontece nestas sessões.

— Não disse que não estou engajado. O que acontece aqui importa. Mas talvez não para mim.

— E quem você supõe que é o beneficiário das suas associações, relatos de sonhos e tiradas linguísticas? Jacques Lacan!? Você por acaso pensa que o tempo que eu emprego em seu tratamento vai ser reembolsado com bônus inconsciente, revertendo ainda para o bem de alguma sociedade psicanalítica? Ora, vá se catar!

— Está exaltado, doutor?

— Quem é que está testando os limites de quem aqui? Estamos só nós dois nesta sessão. Nenhum microfone, nenhuma escuta, nenhuma câmera escondida.

— Nenhuma escuta, doutor?

— Interessante você tocar neste ponto. Quando você acha que uma sessão vira um diálogo de surdos? Um arranca-rabo de facebook. Não pense você que a merda que você traz às sessões é um presente para a mamãe aqui. Afinal, o que você quer?

— Nossa. Agora ele foi longe. Mas tudo bem. Eu gostei. O que eu quero é uma pergunta fundamental.

— É a pergunta a qual retornamos. Você chegou aqui dizendo que queria ir embora.

— Eu vim aqui para não ir embora.

— Prossiga.

— Eu vim falando do meu desejo de fuga. Mas se vim foi para não fugir. Feito o suicida que liga para um amigo em vez de escrever o bilhete de despedida. E eu tenho sofrido com a política, com o noticiário da política, com as sessões do congresso. Uma caça às bruxas que não tinha visto antes, uma demonização feita por uma trupe de juízes, um golpe parlamentar. E a impossibilidade de reagir. A letargia do povo ou, o que é ainda pior, sua conivência ou apoio. Parece que entornaram água de salsicha em todas as bacias hidrográficas e que todos bebem com prazer este licor letárgico.

— Água de salsicha?

— Isso. Água de salsicha. Todo mundo bebe cerveja com água de salsicha, faz arroz, mergulha em banheiras e piscinas e sou só eu me sentindo cavalgado pela realidade. Nem mais nem menos que isso. O resto dos pulhas acha que estamos vivendo uma época de ouro. No dia do meu aniversário, um golpista assume o governo, sob fogos de artifício do prefeito do condado onde vivo, e o único conselho justo, é o de um amigo de Brasília, que já anda até sendo processado por uns deputados: rasgar o cu com a unha.

— Prossiga.

— Quando estava vindo para cá, ouvia um cd de um gringo chamado Scott-Heron, um dos precursores do rap. A música, que fica na cabeça: *The revolution will not be televised*.

Eu olho para este presidentezinho no poder, em cada passo dado por ele para chegar até lá, e penso: que revolução?

— Os militares, em 1964, também chamaram sua chegada ao poder de revolução.

— Pois é. Para os simpatizantes, era revolução; para os demais, era golpe. A sutileza do golpe parlamentar instala, de toda forma, a exceção. Suspende-se a Lei, e nós sabemos disso. A Revolução de presidentinho foi televisionada, radiodifundida, propagada pela internet e não houve reação. Na minha cidade, num dia, éramos treze carregando cruzes e tocando uma marcha fúnebre no centro da cidade. Semanas depois, éramos no máximo trezentas pessoas na rua. Nada mais. Uma passeata que se dispersava. E golpista, o unificador, dorme no palácio presidencial. E nós, que tivemos Costa e Silva, Garrastazu Médici, Castello Branco, Figueiredo, agora temos este espantalho do Satanás. Esta é a série à qual ele pertence, e eu me pergunto: e depois?

— E eu é que lhe pergunto: você tem uma questão política e vem ao psicanalista em vez de ir se reunir com seu partido?

— Mas que partido, doutor? Eu nunca tive partido nenhum. Sempre tive preferências, minhas formas de engajamento, mas não estou em nenhuma máquina. Existe uma possibilidade de dizer que não seja cooptada? Alguma forma de estar no jogo sem se alienar.

— E qual é sua resposta?

— Minha resposta é minha aposta neste consultório sujo. É a hipótese de uma fala que me desaliene. Algo que depois se possa dizer em público ou na rua. Uma hipótese de reflexão, de elaboração, vinda de algum lugar que não os partidos nem os quartéis. A universidade pensa, claro, mas pensa pela ciência. Quero pensar pelos meus mamilos, pelos meus testículos, pensar com meu corpo afoito no meio deste matagal. Toda a minha família já enfrentou a violência, os estupros, os assaltos, os medos, os tiros, mas nunca numa luta política, nunca esta luta corporal com a dissolução. Nossa luta sempre foi a da sobrevivência. Quem garantiu nossa permanência foram a astúcia, a organização, o drible. Ter uma fala hoje significa já ter perdido tudo, menos a capacidade de dizer. Algo pode advir daí.

— O quê?

— Uma resistência não alienante. Uma resistência que seja a de um sujeito. Um sujeito que precisa sobreviver à violência dos atos e das falas.

— É esta a sua luta, então?

— Neste momento, sim. Lutar com palavras para driblar a loucura. Ter uma voz e um gesto para ridicularizar o poder. Um poder que além de ilegítimo só ri com seus preconceitos, precisa ser posto a nu.

6

— Sonhei. Como sempre. Quando acordei no meio da noite, em pânico, ela me fazia carinho. Perguntei, preocupado, se eu tinha dito algo, se eu tinha gritado algo. Ela disse que não. Ela me fazia carinho como se quisesse me acalmar. Não disse nada. Eu expliquei: uma aranha armadeira me picava no pescoço, numa daquelas veias parrudas, jugular, uma destas. Quer dizer, não era bem no pescoço, era na garganta mesmo, na parte mais frágil e desossada, justo na traqueia. Do sonho, eu acordava gritando, porque estava envenenado e ia morrer. Mas não gritei e ela voltou a dormir. Aparentemente, eu não voltei a dormir

— E a que você associa isso?

— A falta de sono eu associo ao pesadelo, claro! O resto... bom, estou com uma dor profunda na traqueia, mas, tem outra coisa: vi uma pichação no muro ontem, que me deu o nó de sangue na garganta: "Foi golpe, sim". Fiquei perturbado quando vi aquilo. Pensei no primarismo do desenho do nosso pensamento social, na inexistência do nosso debate público. Não temos consenso nem sobre os acontecimentos políticos recentes. Tudo é tão relativo que nem se sabe se o golpe que não se sabe se houve foi de fato um golpe ou não. E saímos como criancinhas perguntando aos velhos se o que a gente vive hoje tem ou não a ver com o que eles viveram nos anos sessenta. A gente, que não aprendeu nem ainda a Lei, como vai apreender a exceção, esta seria uma pergunta. E ficamos escravos da memória dos velhos que, cansados, devem nos dizer que não, que tudo é diferente, que tudo é mais sutil, mais ardiloso; mas que não necessariamente tem mais elementos para lidar com estes tempos, com o que está em jogo agora, entende? Então cada um fica satisfeito apenas repetindo para si e para os outros que hoje em dia tudo é mais pós-moderno. E que o golpe pós-moderno é aquele que ninguém sabe se é, se foi, se está sendo, se continuará sendo ou não. Um golpe *gourmet*. Um golpe desconstruído. Um golpe revisitado. Um golpe remanufaturado. Um golpe vegano. Um golpe de marketing. Um golpe.

— Esta é a aranha que te pica?

— É impossível dizer. Se fosse a dor da garganta, a aranha estaria dentro da minha boca, deslizando pela minha laringe. Esta aranha que veio de fora agarra a pele tenra debaixo do meu pomo de Adão. Esta aranha que arranha, desculpe o trocadilho, eu queria estrangulá-la com meu esôfago, se ela estivesse dentro. Mas não sei se ela está fora ou dentro.

— E o exército de que você às vezes fala, está fora ou dentro?

— O exército sempre vai ser uma abstração, e sempre vai ser um perigo real e alheio. Quando eu era criança, bem pequeno, sabia que quando adulto deveria me alistar. Eu seria do exército, então. Coturno, roupa verde, naquela altura insondável, para quem via o mundo de sandálias de plástico, do ponto de vista do chão. Naquele momento, ao menos, o exército queria era me moer e moldar, moer e moldar, moer e moldar... Fazer dezoito anos não era sair de casa, não era dormir fora para transar, fazer dezoito anos era se alistar no serviço militar obrigatório e isso já me produzia ideias suicidas, logo na primeira infância.

— Na primeira infância? E agora?

— Isso. Na primeira infância. Eu já era uma criança desertora. Eu já tinha medo de milico. De ser milico e de ver milico na minha frente. Agora já ninguém nem sabe se o exército tem algum papel. Mas é um tema que retorna como um refrão, como um mito, como uma carta temida do tarô: tem sempre uma abstração de milico espreitando. Tem sempre um milico disposto a dar uma entrevista, a escrever um artigo. Um quepe e um coturno detrás de uma moita, vinte e quatro horas ao dia. Tem sempre um desavisado que faz uma passeata exigindo um presidente de quepe e coturno. E as passeatas são cada dia maiores. E os milicos se coçam na caserna, numa fantasia de poder que juram não ter mais. Quem é que sabe o que eles querem?

— Você já chegou a se perguntar se este exército que você teme de fato existe ou se é ainda o exército da sua fantasia infantil? Se você não está lutando com suas lembranças.

— Lutando ou me acovardando? Pois nem de luta de fato eu falei ainda. Admito que tenho um pensamento persecutório, não sabemos se a realidade o confirmará ou não.

— E o que você acha?

— Se eu estou louco? Sim, mas não sou só eu. É uma loucura coletiva. Cada um dos meus conhecidos quase fica excitado se escuta alguém em público falando em golpe. Parece que somos crianças, ou que vivemos um delírio, que precisa ser confirmado por quem não seja da fraternidade. Se um cidadão gritar num evento público que a Terra do Esmeril vive sob um golpe parlamentar, para nós é quase a glória, porque justifica a nossa loucura, prestigia nossa lucidez, e aviva o nosso protesto.

— Um efeito e tanto.

— Um efeito tríplice, como disse ou sugeri: loucura, lucidez, protesto.

— O exército nas ruas seria um modo de acalmar esta ansiedade?

— A minha ansiedade é o de menos. Admito que tenho adoecido, mas não sei se é uma doença minha ou uma doença de todos. É uma forma de histeria mística também, sabe? A dor é coletiva, mas eu a sinto no corpo. Não quero dar uma de Jesus Cristo, mas é como se eu, ou muitos como eu fôssemos catalisadores de uma situação incerta. Tremendamente incerta. Se for pensar deste jeito, essa sua proposição absurda – se o exército na rua acalmaria minha ansiedade – seria quase como um desvelamento de uma verdade. Assim: eu não disse? Eu não disse? Eu não disse? Que era um golpe, que eu estava certo, que eu não delirava! Viram agora? Olha lá os coturnos e quepes pela rua adentro, pela rua afora. Viram!?

— O que vale mais é a confirmação ou a recuperação de algo que se perdeu...?

— Uma ex-mulher me escreveu uma noite.

— Uma ex-mulher?

— Um sonho. Não importa. Uma ex-mulher me escreveu: queria falar, tantos anos depois, dos ciúmes dela, ou dos meus, ou dos nossos, que destruíam nosso milharal com perseguições paranoicas que eu, incauto, fazia questão de confirmar, apenas para poder ocupar o lugar do louco pré-reservado para mim no discurso dela. E ela queria de mim uma confirmação, não sei ao certo do quê, ela fazia um autoelogio de sua percepção aguçada, ao mesmo tempo em que se lamentava por um certo funcionamento persecutório. O que ela queria é que eu desse motivos ou não aos milenares ciúmes dela. Tive vontade de rir. Ver a paranoia de fora era como assistir um filme cujo final todos já conhecem. Foi como se se acendessem luzes na minha cabeça, doutor. A noção de verdade é tão determinante como para a criança que surpreende os pais na cama e sai gritando, apenas para si mesma: é verdade! Eles transam! Eles transam! Entende? Na minha cabeça, querer um milico me dando um arrocho seria um modo de perceber que sim, de fato, vive-se uma ditadura clássica. Que não enlouqueci, que não deliro.

— Precisar de uma confirmação empírica a um delírio persecutório, será que o desarmaria ou só faria reforçá-lo?

— Um milico. Meu reino por um milico!

— Mas o caso é que não se vive neste país uma ditadura. Vive-se outra coisa. Coletiva e individualmente. E então?

— É a etapa das incertezas. Em que o homem do sofá de veludo verde apenas faz perguntas ao paciente contrariado. Eu nem sei ainda se a aranha veio do lado de dentro ou do lado de fora.

— Vai apostar na roleta? Vai fugir ou vai dobrar a aposta?

— Ninguém mais sabe ao certo se o melhor é fugir ou dobrar a aposta. Os jogadores de cartas mais contumazes abandonaram suas famílias para ter acesso a alguma iluminação. O que eu já poderia dizer é que há uma chuva de mulheres-aranha, de exércitos-aranha, e até de caleidoscópios com imagens pré-definidas. Preciso é ficar de olho.

— Cuide-se dos seus espelhos. Até a semana que vem.

7

— Escuta aqui. Se eu quisesse, eu poderia lhe provar que não estou delirando com a história do exército, e para isto me bastaria um *clipping* semanal de notícias e entrevistas na imprensa. Eu deixava de ser desacreditado e você começava a pensar duas vezes antes de receber um paciente novo, com ares de subversivo.

— Nesta análise não se trata, em absoluto, de você me convencer de nada. O que interessa é como sua fala se articula. O tema do exército, recorrente, pode nos ajudar a investigar isso.

— O presidente não tem popularidade. Ele não foi eleito diretamente, por mais que isso pudesse já estar previsto em lei. Ele vai perdendo a cada semana o apoio daqueles que arrotavam de orgulho dizendo que ele seria o unificador, o pacificador, o redentor, a ponte ou coisa parecida. Eu já falei e repito, a pessoa para mim importa pouco, o que me assusta é que um novo discurso entrou em vigor, com uma insânia singular. Estão passando tão poucos dias e o governo do usurpador vai se derretendo, nas quedas de ministros e assessores pessoais da presidência, sumariamente acusados na mídia, nas ameaças de deposição de ministros. É surpreendente como nada se sustenta nesta regência de areia. O Nosferatu Tropical não sobrevive à luz do sol. Um Nosferatu de sorvete. Um Nosferatu brocha, à base de Viagra. Um Nosferatu que se casou com uma boneca inflável boqueteira com cara de princesa da Disney. E os poderes também vão ficando frágeis. A cada dia que passa, o Judiciário não perde a chance de legislar no lugar do Legislativo, de mandar morder ou soltar cada um dos deputados e senadores. O Executivo não para de fazer negociatas para articular as decisões desejadas no Judiciário e no Legislativo. Quando menos se espera, bum!, um acordo de cavalheiros numa sessão plenária do Supremo contraria o que poderia ser uma decisão razoável. Doutor, a cada dia que passa é mais dizível que a solução é fechar o Legislativo do Esmeril, que será econômico para a nação, higiênico para a imagem do país e prático para as demais instituições. Eu vejo que, a cada dia que passa, esta etapa se aproxima. Talvez não venha o exército, quem sabe o congresso seja fechado e substituído por um software do Ibope, que faça consulta entre as donas de casa e os chefes de família que sejam clientes do Carnê do Baú e que estejam com as mensalidades em dia. Ou quem sabe o congresso continue lá, como um conselho de anciãos que se cospem e se cagam; algum juiz de primeira instância ministrando supositórios de Valium, e o presidente da câmara liderando a mesa diretora, um quarteto de violinos, executando enquanto os senadores viajam com a heroína trazida por uns africanos para os nobres parlamentares suportarem a sessão.

— Gostaria que você me falasse de você. Qual é seu lugar perante esta longa e detalhada análise de conjuntura que você me traz? Ou neste circo grotesco que você descreve com tantas cores.

— Tenho medo. Acho que é medo o que tenho. O que me assusta são os tanques, são as câmaras de gás, os porões, a tortura, as penas de exceção, o silenciamento, a censura, a covardia estatal. A realidade, enfim, me assusta cada vez mais. Como quando eu tinha cinco anos e queria fugir. Hoje são meus amigos que aventam a hipótese de um governo militar, dizem que vão sair do país no momento seguinte.

35

Eu, por outro lado, me sinto cada vez mais preso a esta iminente histeria coletiva, que vai tomar o país de surpresa, como apenas um lance a mais: supositórios de Valium para os trabalhadores intelectuais, para o congresso; água de salsicha na torneira da população, e convenceremos o Louro Supremo a ser thefirstblondpresidentofBrazil.

— Mas existe isso de que você pomposamente chama de "a realidade"? E a tal realidade é mesmo essa que você descreve? Em tempos de exceção, alguns modelos parecem perder o poder explicativo. É preciso que você diga onde se vê nesta arquitetura. Você fala do país como se ele fosse uma extensão de você, como se o fato de o exército vir a tomar o poder fosse uma extensão do seu medo infantil. Ora, você também ocupa lugares nesta conjuntura. Mas você insiste em se mostrar como uma vítima no calabouço da história.

— O que eu vou propor é ridículo, mas se fosse possível, preferia que você curasse o país e não a mim.

— E você acha mesmo que um psicanalista pode curar alguém?

— Não era a paciente alemã do Freud que chamava este nosso joguinho de *talking cure*?

— Exato.

— E eu não estou aqui há séculos falando feito matraca, associando?

— Você vai reclamar por não estar curado?

— Não. Eu vou reclamar é de outra coisa. É que eu estou falando do país, e suas intervenções não melhoraram a situação política.

— Um analista nunca será nem um revolucionário nem um bruxo. Assim como um intelectual não o será. Caso contrário, você estaria mobilizando pessoas, conduzindo hordas humanas, de um modo articulado. Mas não, o que você faz é vir aqui toda semana para fazer, como você mesmo disse, um *clipping* da situação política e dar vazão a seu curioso devaneio de um golpe militar.

— Eu sei. Não estava falando sério, claro. Não espero mesmo que você conserte porra nenhuma. Nem eu posso consertar nada. Até porque há muita controvérsia sobre onde está o defeito.

— Você não acha muito significativo você se colocar ao lado do país, como se análise fosse de ambos?

— É que se desse para consertar um dos dois, eu poderia ficar.

— Como?

— Eu poderia não ir embora. Poderia ficar. Se um dos dois estivesse curado.

— Ficar no país?

— No país.

— E quem está mais doente?

— Não queria dizer isso, mas estou perdendo a noção do limite. Sei que a realidade é grotesca, mas meu olhar vai distorcendo também. Já nem tenho uma fantasia de recomposição das forças políticas. Eu temo outro golpe e, da minha parte, eu temo o que vejo todos os dias e já não consigo entender.

— Você não precisa vir aqui me cobrir de razões e motivos.

— Não?

— Claro que não.

— É. Eu já sei disso. Mas nestas horas, parece que tenho a obrigação do relato bem urdido...

— Se a experiência é fragmentária, por que buscaríamos justamente em uma análise a completude?

— Vim aqui buscando a maior das fugas.

— E se eu lhe dissesse que se você não se despedir daqueles que moram em sua casa, se você partir sem dizer mais nada e sem olhar para trás, que em poucas semanas você já vai estar com os duplos, que encontrará, ao longo da jornada inteira, numa série sucessiva, interminável, de novos rostos.

— Eu lhe diria que você está sentindo o tempo da sessão chegar ao fim e está se cagando por uma associação ou uma frase de efeito para terminar com chave de ouro!

— Pense nas repetições. Isso é o fundamental.

8

— Eu nem estava mais pensando nisso, mas vi que outro deles postou um vídeo em alguma rede social, dizendo que a situação do país era preocupante e que poderia se deteriorar mais ainda ao longo do ano que vem.

— Outro deles quem?

— Outro milico, este um era da ativa. Descobri que a cada poucos meses ele publica um vídeo novo, que ele dirige aos que ele chama de seus comandados. Outro, do lado oposto e bastante jovem, participou da articulação de protestos contra os golpistas, numa manifestação de rua, que foi, no fim das contas, considerada como conspiração pelo Ministério Público. Eles parecem estar se espalhando e se fazendo visíveis. Outro dia, mais um milico, este da reserva, disse que lançava um alerta à população sobre o risco de uma intervenção, sempre observando a constituição, para atender o chamamento de algum dos poderes. E a horda medieval nas redes sociais vai nesta mesma direção: juntam um alvo a ser eliminado e outro a ser exaltado. Complexo como xixi e cocô para um recém-nascido.

— Prossiga.

— Mas o pior não foi isso. Não foi nada disso. Foi outra coisa.

— Que coisa?

— O espancamento.

— Que espancamento?

— Você não viu, doutor?

— Conte-me.

— Não, porque se você não viu nada, quem vai ficar preocupado de verdade aqui sou eu mesmo. Como é que pode você não estar informado?

— Mas é você mesmo quem agride a tudo e todos pela desinformação reinante, reclamando que já não há tribunas comuns de debates. Estou aqui, escutando seu relato, e espero que você me apresente sua versão dele. Esta é a sua análise, não a minha. Quem está sentado neste divã é você. Não estou, definitivamente, para ser sabatinado por minhas leituras diárias ou o modo como eu me informo.

— Certo. Foi ontem, eu estava voltando da zona oeste, como quem volta do passado longínquo. De repente, ouço os gritos. Os dois gorilas carecas que tinham acabado de mijar, ainda seguravam a cabeça mole dos paus, quando uma traveca deu para reclamar da imundície que os dois estavam fazendo: mijando ali no ponto onde ela trabalhava. Chamou os dois de porcos. Eles não titubearam e foram para cima da travesti, dizendo que traveca nenhuma ia vir dar lição de moral neles. A outra, que era esperta, correu para dentro do metrô, pulou a catraca, porque achava que ia estar mais segura lá dentro. Só que eles foram atrás. E deram um soco no viado, um dos dois deu. Nisso chegou o Índio, que era vendedor ambulante ali na estação, e que também pulou a catraca e foi apartar a perseguição. Mas o coitado do Índio tomou um tapa na cara e um soco, que até caiu desnorteado. Enquanto a traveca fugia, o Índio ficou caído no chão. E os dois foram para cima: quando ele tentou se levantar, tomou uma ajoelhada na cara, socos na cabeça, seguidos, com as duas mãos. O outro, de pé, chutava-lhe a cabeça, as costelas, o fígado, os pulmões. Não durou nada aquilo, ou quase nada. O Índio já ficou desacordado, e não sei se morto.

— E você não fez nada?

— Eu, eu, eu... eu não consegui! Foi menos de um minuto. Eu me senti miserável de não fazer nada, mas eu fiquei acuado, hipnotizado, naqueles poucos segundos, assistindo. Fascinado. Como era fácil acabar com uma vida. Os dois covardes fugiram. Mas logo voltaram. E, pior, começaram a bater de novo no homem já desacordado e provavelmente morto. Depois foram embora. Eu não consegui me mexer. Ninguém conseguiu. Não tive reação nenhuma. Eu me acovardei. Todo mundo se acovardou.

— E nem precisou de militar para você se acovardar mais.

— Eu devo ter nascido com esta fraqueza. O medo que me habita. Aquela violência toda tão fascinante. Aqueles porcos tão rápidos, tão eficientes.

— Porcos?

— Não tinha soco nem chute desperdiçado. Era uma ação de curral, de granja. Não era briga de rua. Era coisa de quem treina luta, e o corpo do Índio foi logo ficando rijo, paradinho. Em menos de um minuto.

— Porcos?

— Porcos... *Diário da guerra do porco*. Um romance que li. Argentino.

— E o que tem este romance?

— Um romance político. Não importa o lado. Matavam-se os velhos nas ruas. Por serem velhos.

— O lado sempre importa. No romance do Bioy Casares, porcos eram os que morriam, não os que matavam. Por que este romance agora?

— Doutor.

— Sim.

— Não precisa de exército mesmo. Agora me dei conta.

41

— Diga.

— O porco.

— Prossiga.

— O porco... a granja... o treinamento. Os porcos já podem fazer isso, por vontade própria. Aqueles dois que mataram o Índio, mataram automaticamente e de modo eficiente, do mesmo modo que muitos outros fariam. Ali eram os dois matando, mas poderiam ser outros a matar, poderíamos ser nós. Isso é o que realmente me assusta hoje. O porco pode ser qualquer um. Pois hoje já se morre e se mata por uma opinião, por uma posição política. Eu não preciso mesmo colocar a farda verde como empecilho, como inimigo nem mesmo como parceiro. Os naipes já estão expostos no veludo da mesa.

— Esta parte nem vai dar muito trabalho.

— Mas doutor, tem os que resolvem as coisas no atacado e no varejo. O problema é que qualquer um pode ser o porco. Milico ou simpatizante. Fodeu.

9

— A aranha que se movia dentro se transformou em outra coisa. Toda madrugada ela se manifesta, e eu nunca sei quando vai ser. Estou dormindo, profundamente muitas vezes, quando a coisa vem. Acordo sufocado, como se estivesse sendo estrangulado. Falta o ar. Estou tentando puxar pela boca, do fundo de algum abismo, o último centímetro cúbico de oxigênio. O corpo se contrai em tosse, uma tosse vigorosa, gutural ou esganiçada, da qual dependesse a vida. Move-se então na garganta um bolo grosso de catarro, que não se expele em escarro e não se define em nada que possa ser tragado na laringe. A gosma se enreda, aumenta a asfixia e a tosse, até ser finalmente lançada para o lugar do engasgo. Falta o ar de novo. Outra tosse. O catarro se choca com nova massa de secreção, no instante seguinte, fazendo-me ainda mais assustado e sem ar. Nos primeiros dias da crise, ela me disse: não sei se ajuda, e também não sei se você percebeu, mas o que vem primeiro é a sufocação. A tosse, essa só chega depois, primeiro vem a falta de ar e o barulho de quem puxa o ar e o ar não vem. Agradeci a ela. Não sabia mais o que dizer.

— Têm sido frequentes estes episódios?

— Toda noite. Mas não é bem assim. Quando acontece, parece que é a primeira vez e que nunca mais vai se repetir. Quando dou por mim já fui correndo para a cozinha ou banheiro, como se correr disparado pela casa fosse um jeito de encontrar o ar que faltou, de vomitar o cancro invisível que me sufoca. Houve dias em que acordei no sofá sem sequer me lembrar de ter ido até lá.

— Prossiga.

— Isso tem feito com que eu sinta um desespero pela morte. O ar quando falta, ao fim da tosse, me deixa com tortura, ou até dor de cabeça. Algumas vezes acho que vou desmaiar.

— Tortura?

— Eu disse tontura. Não tortura!

— Tortura, palavra suas. Quem é o torturador?

— Os torturadores, supostamente, queriam uma resposta, um dado novo. Mas eu acho que eles queriam apenas uma confirmação. Quando se tortura uma pessoa, ou se consegue uma delação ou se consegue colocar na boca dela o que você quiser.

— Na boca.

— Da minha boca nunca sai nada, nem catarro. Engulo.

— Mas você já foi torturado?

— Não. Até que estava voltando para a cama, pensando no que falamos dos porcos. A respiração ainda ofegante. O corpo fora do prumo nestas horas, mas logo tudo vai voltando ao normal. Mas ouvi o interfone. Não fazia o menor sentido, era de madrugada. Tenho tido insônia. Passo horas de um lado para o outro em casa, quando estou no interior. Atendi e era um policial militar. Disse que vinham em resposta a um chamado, que eu por favor abrisse a porta. Senti a pele de todo o rosto ficando vermelha e suada, com a onda de calor que subia. Não fazia sentido, como eu disse, mas eu quis atender.

— Quis?

— Não fazia sentido fugir. Eu não devia nada a ninguém e sabia disso. Ninguém hoje em dia é preso por pensar. No máximo, preso por dizer; alguns ainda, presos por fazer. E acho que do jeito que eu sou, nunca saí dizendo nenhum absurdo publicamente; tão somente absurdos sustentáveis... Então eu saí para atender a polícia. Ainda no jardim, aquela luz azul e vermelha me hipnotizava. Todo o sono que eu tinha até então se transformava na ansiedade de saber o que tinha do outro lado da porta.

— E o que tinha?

— Não tinha mandato, não tinha acusação e também não iam me prender. O policial se identificou e pediu meus documentos, por gentileza. Depois continuou falando como quem lê aquelas palavras de texto escrito por advogado, com concordâncias e regências de um homem só. Dizia que havia acabado de acontecer um crime na casa do meu vizinho, e que a minha casa era a única com moradores presentes naquele momento, se eu não poderia acompanhar a viatura para testemunhar na delegacia. Mas eu não sou testemunha de nada, porque não sei de nada, nem vi nem ouvi – respondi ao guarda. Precisamos de alguém como você, homem de bem, trabalhador, nível superior, para o flagrante. Foi uma chacina, senhor. Coisa feia, que não tem condições de ficar impune. O criminoso, claro, é o único sobrevivente. Acompanhe a gente até o DP, por gentileza, senhor, mera formalidade. Antes, porém, eles me mostraram o sujeito, botaram uma luz na cara dele, para que ele não me visse. Queriam que eu confirmasse se era meu vizinho. Eu confirmei. Feito o reconhecimento...

— Isso tudo aconteceu mesmo ou é parte de um sonho?

— Veja só a rede em que me enredo também, quando dei por mim estava na delegacia, mal conseguia falar, porque tossia o tempo todo. Acho que a tensão me deixou mais nervoso. A delegacia vazia, porque era domingo à noite.

Tudo tão sonolento. Era burocrático. Eu fiz o que me pediam, mecanicamente, como uma máquina defeituosa, que parava para tossir e engolir meu próprio catarro.

— O crime?

— O crime. Ele matou a ex-mulher, que morava na mesma rua ainda, matou também as duas ex-cunhadas e mais o filho. Um tiro para cada uma delas, e um tiro à queima roupa na cabeça do filho. E logo na noite da segunda, uns dias depois, se enforcou na cela da delegacia. Aparentemente ele queria ter se matado antes, mas não tinha bala no revólver ou não deu tempo, não sei. Ou ainda, ele quis ficar vivo para acompanhar com orgulho o olhar da polícia. A mesma polícia que o pegou e pelo visto facilitou para ele o serviço na cadeia, logo depois.

— E a tortura de que você estava falando? Tudo leva a crer que você foi tratado com cordialidade pelos policiais, não?

— Eles me mostraram uma gravação. Uns áudios gravados no celular do meu vizinho, explicando os motivos do assassinato.

— Prossiga.

— ...

— ...

— Assustavam. Ele dizia aquela vagabunda vai encontrar o que merece e o que precisa. Acabou com minha vida e com a sua, meu filho, agora ela vai ser mais uma que vai se encontrar com o capeta. Aquela vagabunda da irmã dela vai junto. Eu sei que as duas juntas armaram para cima de mim; como a vagabunda da presidente, que foi eleita por aquele nordestino filho da puta, o Quatro Dedos, que logo, logo vai apodrecer na cadeia também. Tem que fazer uma limpa geral nesta merda, e eu vou só fazer a minha parte. Depois cada um faz a sua. Vou salvar o meu filho desta vergonha que ele está passando. Vou salvar ele de viver nesta droga de país, onde tanta gente trabalha e depois ainda obrigam a gente a votar nesta bandida. Aquela vagabunda vigarista armou para cima de mim com a advogada, dizendo que eu abusava do menino, e a justiça me afastou do meu anjo. País de canalhas, sem governo e sem justiça. Mas você vai ver, querido, como eu vou dar uma lição naquela vagabunda que fez isso com você. E depois vou lá no inferno para buscar ela e fazer ela sofrer tudo mais uma vez. Eu quero que me enterrem de cabeça para baixo para eu chegar mais rápido no reino de Satanás. Que não aguento mais este país corrupto, onde tanta gente já morre sem motivo. Se eu pudesse, levava este congresso inteiro comigo.

— E como você ouviu isso tudo?

— A voz vinha do inferno, eu acho. Cada palavra ficou gravada na minha cabeça. Não acho que eu seja muito impressionável, mas a voz era impossível de esquecer. Eu nunca tive contato próximo com o Chico, este era o nome do meu vizinho. Quando botaram o *highlight* na cara dele, ainda na rua, ele tinha aquele aspecto de envelhecido e de gordo, o olhar duro, fixo no chão, de quem enfrentou o desafio e venceu, mas estava muito castigado já. Acho que como a voz que ouvi no áudio depois, ele também já não era deste mundo quando eu o identifiquei.

— Não fica claro por seu relato porque a polícia foi até sua casa. Você diz que não havia outro vizinho. Quem telefonou, então?

— Quem disse que não havia outro vizinho foi o policial. Se não havia outro vizinho, como é que alguém telefonou à polícia? Como é que ele não fugiu? Talvez não tenha havido chamado nenhum.

— Então?

— Então eu estou quase certo que quem ligou para a polícia foi o próprio Chico, querendo garantir a autoria do crime para ele. E a polícia só veio até a minha casa porque...

— Por quê?

— Porque viram minhas luzes acesas, porque me ouviram tossindo, porque queriam acabar com minha vida, porque é sempre sobre mim que tem que transbordar a merda do esgoto, porque queriam me torturar, porque queriam confirmar que na casa ao lado não havia outro assassino, porque queria alguém que testemunhasse para as outras pessoas, que pudesse dar entrevistas para os jornalistas, sei lá! Vá lá saber o porquê!

— O fato é que você foi trazido ao enredo macabro. Talvez simplesmente para cumprir uma formalidade, para a qual os policiais necessitavam de alguém.

— Corpos empilhados na casa ao lado. A presidente é culpada também do delírio misógino do Chico. E eu nem sei o que pensar nem mais como dormir. Um assassino pró-*impeachment*.

— E a tortura?

— A tortura atualmente é ter que existir. Fico lembrando do garoto morto, da mãe morta, das irmãs dela mortas, fico imaginando o Chico morto na cela. Não tenho pena de ninguém, mas sinto uma ânsia de vômito sem fundo. Nojo dele. Nojo da cordialidade dos policiais. Acho que nunca tinha visto um discurso de rede social acionando o cano de um trinta e oito. Nem sei se era um trinta e oito.

— Isso é o que realmente lhe aflige?

— Isso. O ódio está saindo da internet. A exceção se espalha pela rua. Na surra mortal que deram no Índio. Na chacina do meu vizinho. Estas mortes não são sem sentido. Estes corpos que espancam e atiram têm a voz da rede social. Tem o esgar de ódio exercitado na mídia social. No vômito cotidiano dos opinadores. A seus próprios olhos, eles estão simplesmente eliminando o lixo. Agora que descobriram que não estão sozinhos. Eu tenho medo. Medo. Medo.

— Medo do quê?

— Medo porque não há aldeia global. Medo porque são vilas medievais, sem justiça e sem governo, onde se mata não por provas, mas por convicções.

— Estou pensando em lhe receitar um ansiolítico. Você quer discutir um pouco esta possibilidade?

— Porra, eu posso ser morto! Eu preciso ficar atento porque eu também posso ser morto. Eu não quero estar tranquilo na hora da minha morte iminente. Ao menos o meu último grito de espanto precisará ser pleno e não pacificado. Não vou tomar remédio nenhum, entendeu? Nenhum!

10

— Você saiu bem abalado daqui na última sessão. Como foram os últimos dias?

— Eu não quero e eu não vou tomar ansiolítico porra nenhuma. Que sentido faria? A única coisa que faz sentido agora é cultivar meu medo e meu ódio, alternadamente. O país inteiro já está embrutecido e dormente. Ou achando normal quando matam a pancadas um vendedor ambulante dentro do metrô, ou quando fazem uma chacina de mulheres, ou quando o vice-presidente dá um golpe, toma o poder e diz que vai se aproveitar da impopularidade para fazer um governo contra o povo, que vai tomar as medidas que ele sabe que o país precisa. Eu preciso ficar acordado. Eu preciso continuar gritando.

— Você teme perder o que tomando remédio?

— Perder a prontidão de resposta.

— Mesmo que a ansiedade possa levar você a responder de modo intempestivo ou, no limite, impedir você de dar qualquer resposta?

— O tiro que saísse do meu revólver, sairia na direção correta. Carlos Marighella falava para exercitar o corpo, para não beber, para estar pronto para o combate.

— Você percebe o quanto você tem incorporado na sua fala aquilo mesmo que você critica no seu país: a violência, o ódio, o embrutecimento?

— E você quer incorporar a mim a letargia.

— Não pretendo deixar você letárgico. Estou pedindo que você pense que o seu quadro ansioso pode levar a um colapso, de consequências prolongadas.

— Esta continuidade, de que falamos, entre eu e meu país, me impede de estar em boas condições de saúde. Talvez apenas o suficiente para ainda me indignar.

— Você parece realmente ter saído do estado de prostração que estava há algumas semanas, quando queria partir.

— Partir.

— Partir. Você falava em sair do país. Como se vivesse uma repetição da ditadura. Como se você se colocasse no lugar da esquerda militante e, portanto, só lhe restasse deixar tudo e dar no pé.

— Não chamo de prostração, eu chamo de medo. Mas eu não vou sair. Quando a polícia veio até minha casa, à noite, para que eu confirmasse a culpa do meu vizinho, e me tratando de um jeito cordial, me fazendo ouvir a gravação do assassino, eu entendi. Fui entendendo. Tem todo um aparelho ideológico e policial do Estado, preparado e agindo contra os eleitos.

— Eleitos?

— Não importa. O Chico é culpado, claro. Contra uma chacina resta pouco a contestar. Mas a sedução dos guardas, para que eu me aliasse a eles, encurtasse o caminho. Ora, não falta mais nada. As engrenagens já estão postas. As engrenagens estão funcionando. Nós é que pessoalizamos. O presidente golpista, a ex-presidente, o presidente do senado, o supremo... a máquina já funciona. Há décadas ela funciona. Se alguém intervém sobre o funcionamento, pode ser eliminado. Há um aparelho de esculhambação. O juizeco emite um mandato de prisão preventiva; o sujeito passa umas semanas no xilindró; os jornais e portais fazem o trabalho sujo de divulgar os vazamentos que vão tornando de antemão, os presos em bandidos; depois convidam o engaiolado para abrir o bico em troca de uma tornozeleira acolchoada na Poltrona do Papai, no condomínio de luxo, com vista para o mar. Pronto. O juiz já tem na mão a confissão desejada, nos termos desejados, e pode botar na cadeia, com apoio popular, quem ele elegeu de antemão. Os escolhidos são neutralizados e servem às premissas do juiz que o trancafiou: não resta dúvida, diz o juiz, que o réu era culpado; e, ato seguido, não podemos ficar surdos ao clamor do povo. Vamos prendê-lo definitivamente. Assim o trabalho porco chega ao fim. O que aconteceu comigo foi a mesma coisa, apenas realizada a partir de funcionamento distinto: um crime comum, misógino, cujo desenlace foi facilitado pelo Estado.

— Você está comparando os crimes eleitorais e de corrupção à chacina realizada por seu vizinho?

— Não. Estou dizendo o que descobri da polícia, da justiça. Que o Estado judicial nos persegue. E que este caso em particular perseguiu a um culpado. Mas estou também dizendo que este mesmo Estado não está preocupado em investigar, mas em punir aqueles que escolhe punir. E que o direito não tem nada a ver com isso, a justiça não tem nada a ver com isso. A condenação já está dada de cara.

— E a cordialidade do policial?

— Isso foi o pior. Ele me fez sentir um homem de bem. Ele, que era um guardinha de viatura, nem um delegado era, nem um juiz; era só um soldadinho raso, de chumbo. Eu não quero ser um homem de bem, não quero estar do lado da lei, do lado do Estado que mata. Mas...

— Mas também não quer estar do lado do misógino matador?

— Também não. Tem horas em que os lugares do tabuleiro são inocupáveis. Fiz o que tinha que fazer, mas dava nojo fazer o que tinha que fazer com aqueles que fazem o que não deveria ser feito.

— Qual é o seu lugar?

— Eu não vou mais fugir.

— Qual o seu lugar?

— Descobri que provavelmente não haverá um paredão, não haverá expulsão em massa. Teremos governos e governos baseados na surdez. Por isso a minha voz...

— O seu lugar.

— ...tosse.

— Como?

— A minha tosse.

— Tome um pouco de água.

— ...

— Uma crise de tosse?

— Isso. Vamos...

— ...

— Vamos retomar. Governos surdos.

— Como?

— Surdos. Vivos. Da surdez mais seletiva.

— Mas sua voz falha antes do seu primeiro grito? Que tipo de Marighella você quer ser? O seu pigarro esconde o que na sua fala?

— Minha garganta nunca esteve tão ferida. É difícil alçar a voz quando todo mundo parece que faz a apologia da surdez. Não sei se suporto porque...

— Nós já falamos nesta análise sobre os sintomas físicos, mas é melhor você tratar esta tosse.

— ...aahhh.

— Você está bem?

— ...

— Vou chamar ajuda.

11

— Há duas sessões a sua exaltação extrapola sua fala.

— A tosse me tira o ar, não me deixa continuar falando. Aquele pequeno desmaio, acho, foi pela falta de ar.

— Você tombou no consultório. Isso não é pouca coisa.

— Não foi nada. Só um mal-estar, agravado pelo quadro de estresse.

— Há alguns dias eu lhe recomendo tomar um ansiolítico. Veja, o que, afinal, esta confirmação traz de significativo para sua análise?

— Sempre acho que você não acredita em mim. Não confia no que eu digo. Estaria pouco me preocupando com sua opinião, não fosse o fato de eu vir toda semana aqui e me sentar neste divã por achar que sua escuta pode articular minha dispersão.

— Então seu desmaio aqui foi uma prova de veracidade?

— De veracidade. De voracidade. De verossimilhança.

— Ora, a quem é que você precisa provar algo? Você sempre fala aqui com uma convicção singular. Você porta ou não alguma verdade?

— Verdade nenhuma. Eu me descarrego por aqui, sempre. Ainda com alguma chance de ainda ser escutado.

— Por mim ou por você mesmo?

— Acho que por ambos. Eu não tenho mais a quem falar nada disso.

— Como não?

— Estou me separando. Vou voltar a morar sozinho.

— Você não mencionou em momento algum seu divórcio.

55

— Não é divórcio. É separação. Eu há tempos venho transformando aquele apartamento de Pinheiros, que andava desocupado, num escritório. Montei com coisas que lembram a casa da minha infância: globos de luz redondos, copos americanos, cortinas internas de serpentinas coloridas. Acabei vindo morar nele.

— Ora, isso é um divórcio.

— Com ela há tempos não tem mais diálogo. Na vida pessoal, acho que não sei mais dialogar com ninguém. São frases inteiras que não são ouvidas. Depois repetidas como uma novidade.

— As frases de quem? As suas ou as de sua esposa?

— De ambos. Não sei. A violência gera minutos de silêncio ou ausência que se fazem intermináveis. Sinto que vou mergulhando num mutismo e numa desistência de tudo.

— Você vai vivendo um naufrágio na sua casa e vem ao consultório falar de política?

— Melhor falar de política no consultório do que falar de amor. O que há de mais dilacerante na minha vida agora é este país. Uma agonia viva, de besta na jaula.

— País do qual você queria, dias atrás, zarpar?

— E no fim das contas eu permaneço e quem decide sair de mim é meu casamento. Curioso, não? – diria você.

— Há algo que você queria comentar sobre isso?

— Quando eu era adolescente, logo que entrei no ensino médio, que era ainda chamado de colegial, acho que não havia para mim nem claramente uma noção de país, nem uma noção de amor. A política e as mulheres eram instâncias muito difusas. Mas, me lembro bem, foi no primeiro dia em que fui à escola, acho que para a matrícula, foi quando eu vi. Ela nem tinha nome, mas já chegara na frente dos meus olhos, de vestido florido, na altura dos joelhos, cabelos longos, um nariz italiano e um sorriso amplo. Depois vim a saber quem era, a professora de geografia. Um ar severo e irônico na sala de aula. Aulas inteiras incompreensíveis, anotações na lousa que eu não conseguia discernir. A sedução do incompreensível. O mistério era o que me cativava, o tom, a fala, o engajamento. Um dia, ao final de uma aula de atividade, estava em silêncio no meu lugar, curvado sobre os braços, como quem dorme, num mutismo juvenil. Ela passa por minha carteira e repousa, por um instante, sua mão sobre meu braço. Um toque feminino, longo, a temperatura quente daquela mão que se deixa ficar por um instante, e que parte.

— Foi uma paixão juvenil?

— Tudo na juventude é descoberta, até a estampa xadrez de vermelho e branco do sutiã da professora de inglês, sob a camiseta estrategicamente branca, repetidamente. O hálito de cachaça do professor de matemática, demitido da fábrica. A careca precoce do professor de física, com seu fusca tunado e seu corpo esquálido. Os chinelos do professor de história, saindo do açougue numa manhã de domingo, perto da minha casa. O fascínio e o horror pela humanidade. Mas sim, pela de geografia era outra coisa, uma paixão política. A vida futura já estava contida naqueles dias. Mulheres que viriam depois já se moldavam no corpo fresco da que nos ensinava a política. Estratégias do feminino e do engajamento. E até nalgum momento da alienação e da confusão.

— Como?

— Um universo alheio, ensimesmado, onde eu não chegaria. As léguas que faltam para cruzar um rio caudaloso para quem mal aprendeu a caminhar.

— Estamos falando de uma jovem professora ou estamos falando da sua mãe?

— Por favor! Que lugar comum este de falar da mãe...

— Não fique exaltado. Apenas diga.

— Minha mãe também era alheia e ensimesmada em muitos sentidos. Eram aquelas mulheres algo mais velhas, e nem meu corpo adolescente era domínio compreensível ainda, terra agreste e inexplorada. Mais plausível, então, era a entrega àquela figura feminina, sedutora e frágil, que me levara pela primeira vez para a universidade. Palestras sobre a revolução russa.

— Te levava?

— Bom, na verdade, levou uma vez ela nos levou. A todos nós. Foi uma excursão para ver uma palestra. Mas, já me denunciei. Era como se me levasse, a mim, somente. Como se tudo fosse para mim. Gostava de pensar dessa forma, em certo sentido, concordo, infantilmente.

— Prossiga.

— Mandava-me ler livros, Herman Hesse, Karl Marx, Richard Bach e Octavio Paz. A história do México e o Amor, ela dizia. Um espectro que hoje me dá a medida de que se queria transmitir não um conhecimento, mas uma experiência. Como anos depois, não muitos, passeando numa biblioteca, me ensinava a olhar a lombada dos livros, deixar-me seduzir pelos títulos, folhear os volumes, passear pelo índice, e só então decidir-me por levá-los ou não. Assim a experiência da língua espanhola, uma página branca coalhada de ípsilones. Experiências.

— Que experiências?

— A história, o amor e a religião. O materialismo dialético, para dizer de algum jeito, num mundo já sem muro de Berlim. Seu magnetismo funcionou. Ser aprendiz de geógrafo, quem não tem nem noção de seu lugar no espaço. Tornar-se seu próximo, seu colega, seu amigo por assim dizer.

— No que consistia este amor? Em imitar as escolhas de uma mulher mais velha? Em fazer escolhas que achava que a agradariam?

— Eu disse amizade.

— Mas deu a entender outra coisa.

— Como eu não entendia as conversas políticas, caminhávamos algumas vezes na grama, descalços. Tomávamos ônibus juntos que significavam dar voltas ainda mais genovesas que a viagem do explorador. Sua proximidade bastava. Os tempos do corpo seriam apenas os tempos futuros.

— E como foi?

— Anos depois, talvez dez, um reencontro. Sem as ansiedades da juventude, apenas com as ansiedades de uma experiência mais madura. Quase um homem, e não mais o garoto à rebarba da maga ilustrada. Tomar cerveja no diretório dos estudantes, quando ainda havia reflexão universitária etílica. Foi o disparador de uma nova conversa e da experiência mística. Primeiro, na sucessão das latas, a confiança reinstalada num pátio público. Passam amigos, mulheres, uma ex-namorada, que se estranha da cena, tão bêbada, tão animada, para quem comigo se acostumara ao drama. Outros nomes e faces se confundem também.

— Como?

— Não importa. Naquele momento, ela era todas as mulheres. É tudo o que posso dizer. Era o feminino, e já deixara de ser maternal sob qualquer aspecto. Um corpo.

— Estou vendo.

— Sentados frente a frente num banco de concreto, as pernas cruzadas, debaixo de um bambuzal. Ela fechou os olhos atendendo a um pedido bêbado. As mãos entre as mãos. Uma carícia suave, que retribuísse às outras, antigas, as já conhecidas, e que as desenvolvesse. Envolver-lhe a cintura e as costas entre braços e mãos. Um afago que seja erótico, esotérico e materialista dialético. Antes que venham os inimigos, antes que venham as hordas futuras, o tempo, o esquecimento, antes que advenham as separações. Toda união mística é amor, contra o mundo, as pessoas e o tempo. Aproximava-se o seu pescoço, ao alcance de rosto e lábios.

— E então?

— E então eu ouvi a buzina, que nos tirava do transe. A buzina do carro do irmão, que ia levá-la para casa. O encontro se interrompeu. Brutalmente se interrompeu.

— E ela foi embora?

— Não. Ela não foi embora. Ela nunca foi embora. Ou não foi por muitos anos. Aquela experiência permaneceu. Aquela mulher que permaneceu nas outras. Nas futuras. Nalgumas delas.

— A professora também é essa mulher de quem você se separa agora?

— Não sei. Eu fui envelhecendo ao longo desses anos. Antes havia uma mulher madura em quem projetar algo da mãe, da experiência. Alguma mulher para realizar uma fantasia edipiana e dolorosa. Acho que já não navego mais nessas águas. Já sou velho demais para seguir sendo o efebo.

— Isso nada tem a ver com a idade.

— Já fiz análises melhores que esta que me tiraram daquela posição, caro Jung tropicalizado.

— Imagino que sim. Do que é que você está se separando, então?

— Da solidão e da insatisfação que, de algum modo, talvez sejam as mesmas. A amizade daquela mulher nunca foi plenitude. Sempre foi um compartilhamento de solidões. O que só podia ser atingido noutra história, noutra mulher, noutra geração. Porque qualquer mãe é broxante.

— Fiquemos com esta imagem. E por hoje basta.

12

— A semana foi estranha. Estranho falar da infância neste nosso ambiente árduo.

— Árduo?

— Sim, neste consultório de pedras, onde fumamos este fumo de corda e bebemos cachaça rústica do sertão, e falamos de Marighella e do jeito de fazer a revolução, enfrentar militares e transformar o país.

— Sua fala já não lembra que sua verve política desmantelou-se no último encontro.

— Não se desmantelou. Eu só mostrei uma origem.

— Origem?

— Uma origem, uai! Uma mulher que quis me levar, de algum jeito, a um partido de extrema esquerda, à universidade, ao engajamento.

— Sim, mas o que você narrou foi a história de um amor quase infantil.

— Todo engajamento não exige uma dose de utopia?

— É deste modo que você entende essa situação?

— Um país não pode ser uma mulher, eu me pergunto?

— Ou pode ser um apartamento vazio, como você também disse.

— É.

— O seu país agora o que é para você?

— Uma mulher. Uma utopia de uma terra estrangeira.

— Continue.

— De tudo o que vai à falência, de tudo o que cai. Um país feito de gelo, uma terra estrangeira, uma mulher. Um modo de reinventar o mundo. Um novo sentido. Uma nova falta de sentido. Os corpos organizados de outro jeito, com outra linguagem. Inventar uma nova utopia, que possa incluir o desejo, não a alienação.

— Num apartamento que se parece com a casa da infância?

— Esse apartamento onde vivo agora é só um simulacro. É um *petit exile*. Pode ser um aparelho. Pode ser um escritório. O meu apartamento é puro significante vazio esperando pelo que virá depois, outra coisa além da descrença e da solidão. Dá para entender?

— Claro. Continue.

— Não sei se quero continuar. Agora eu fiquei mole falando de amoricos juvenis.

— Mas se amor é utopia, se revolução é utopia, e você se senta aqui e expressa descrença, o que você está dizendo com isso? Que o tempo do amor passou? Que o país já era? É mesmo o fim da história?

— Meus amigos estão indo embora. Aspirantes a artistas, estudantes em formação, professores cansados, casais de meia idade com os filhos criados, enfim. Estão indo embora e vão deixando a cidade, as cidades vazias. Não estou exagerando. Cada um encontra uma justificativa, um estágio de estudos, uma guinada na carreira, um parente no estrangeiro e simplesmente parte.

— É a mesma desistência que você manifestou aqui desde os primeiros dias?

— Como é que eu vou saber? Cada um desiste do seu jeito. Tem vários amigos tomando os ansiolíticos que você recomendou. Remedinho para se acalmar. Remedinho para dormir. Remedinho para comer puta. Vou continuar com minha precariedade e lucidez, mesmo que me custem a vida. A coisa anda tão estranha que ultimamente não sonho mais.

Desde aquele outro dia em que desmaiei, as aranhas saíram da minha traqueia; agora elas andam soltas por aí, noutros lugares. Não me pergunte quais, por favor.

— Você espera alguém para te conduzir neste processo de transformação? Um líder? Uma mulher?

— Não. Talvez seja outra coisa. Busquei a solidão, já disse. A decisão mais radical, abandonar a família e não abandonar o país. Desistir da utopia, mas não da vida. Só assim é que pode surgir outra utopia, acho. Não tenho certeza, mas precisaria ser outro caminho. A gente sempre diz que neste país os partidos importam pouco. Que votamos em pessoas. Que os personagens são os políticos, não os partidos. Eu mesmo nunca quis estar em partido algum, transitei. E também nunca quis estar em nenhum casamento. As conjunções aconteceram. Tanto as políticas quanto as amorosas. Mas nada se institucionalizou. Não tive filhos, não fui político. Agora, é preciso reinventar o mundo. O meu, ao menos. Se possível, o país.

— Como?

— Esta relativa liberdade sempre me interessou. Mas o fato é que não havia maiores preocupações, porque havia uma série de garantias. O mundo institucional assegurava sono, liberdade, comida, alguma justiça e alguma justiça social. Hoje em dia eu só me pergunto se eu posso continuar brincando de *outsider* em meio a uma ruptura velada. Nunca precisei ter partido algum, porque acreditei sempre mais no poder de articulação de uma pessoa que constitui sua fala na costura engenhosa entre os fios que atravessam seu caminho e seu chão. Mas, de repente, a fala já não está garantida, a voz não está garantida. O direito de expressão é condicionado à Lei de Segurança Nacional, e lhe digo que eu não exagero.

— De novo sua fala sobre a censura, a exceção. Nós já não falamos aqui que há uma ruptura, mas não é uma viagem ao passado?

— Você disse isso. Não eu.

— E você quer urdir uma nova utopia no meio de um Estado que você considera de pura exceção? Esse discurso escorpiônico que articula avanço e retração.

— Aquela mulher era um escorpião.

13

— Esta noite, quase ao adormecer, tive um pensamento inquietante.

— Qual?

— Temos vivido aqui, neste consultório, uma espécie de paradoxo. Eu insisto em falar que me sinto como nos anos sessenta ou setenta, que sinto virem se atualizando todas as arbitrariedades da ditadura, noutra chave, quase como se o que acontece na mídia fosse o mascaramento de uma situação mais grave, encoberta, se insinuando e sempre a ponto de se revelar. Gente como você, doutor, fala que terminantemente não, que isso que se vive é democracia, embora seja um momento delicado do processo democrático nacional, talvez esse seja o único consenso.

— E então?

— E então que num caso ou em outro eu me sinto acossado. Sinto que, feito naquele conto do Poe, *O Poço e o Pêndulo*, as paredes vão se comprimindo, o pêndulo vai baixando e eu estou cada vez mais próximo de ter que me atirar poço adentro. E, para isso, importa pouco quem tem a razão sobre a realidade. O dado concreto para mim é que esta terra vai se tornando, a cada dia, mais hostil.

— Você se sente verdadeiramente ameaçado?

— Sim. Não tenho falado de outra coisa. O impulso por fugir não é outra coisa senão a sensação de que o xerife vai chegar e dizer que a cidade ficou pequena demais para nós dois...

— Tanta importância assim você julga ter?

— Na verdade, não. Usei a comparação do faroeste porque esses filmes não falam dos movimentos sociais, falam dos heróis e anti-heróis, dos escolhidos e dos párias. Sinto-me um pária no meu país. Não estou falando do meu tamanho como pária. O caso é que, mesmo na ditadura, o governo, a inteligência ou seja lá que instância for, escolhia seus inimigos, e os perseguia até neutralizá-los. Por algum motivo, gente como eu, que está na contramão da ordem, se sente... eu me sinto ameaçado. Não sei até que ponto eu sou ou posso ser o alvo correto. Talvez minha fragilidade bastasse para me destruir por mim mesmo, mas eu me sinto sempre na alça de mira de algum *sniper*.

— Suponhamos que você esteja certo. O que lhe preocupa?

— Muitas coisas: uma reforma da economia, da sociedade, dos costumes, que consolide a falta de direitos, a privação da liberdade, uma visão embrutecida das pessoas e das relações, enfim, o estrangulamento das condições que permitem que alguém como eu continue tendo orgulho da terra onde nasceu, a despeito de suas contradições.

— Apenas isso?

— Não. Tem outra coisa assombrosa. O pensamento que me assaltou ontem à noite.

— Diga.

— E se eu fosse preso?

— Como?

— Se eu fosse preso. Eu não seria preso nos anos sessenta ou setenta, seria preso agora, no século vinte e um, num país desgovernado. Se, e somente se, eu fosse preso, não estaria na mão dos milicos, que quereriam arrancar de mim confissões, nomes, endereços, dados. Eu estaria nas das facções que dominam os presídios. Eu, que passei a vida à margem dos

67

partidos, dos movimentos sociais, dos coletivos, teria que tomar um partido na cadeia.

— O seu problema é tomar partido?

— Nesta noite, meu grande problema seria ter a minha cabeça arrancada por não fazer algo do tipo. Estar à margem de tudo foi o que sempre me permitiu manter a lucidez, a ironia e o senso crítico...

— E agora?

— Agora até minha fantasia vai ao chão. O desgoverno federal nos presídios da Esmerilhândia mostra, inclusive, que não há possibilidade de regime totalitário, porque não há Estado que possa dar conta disso. O Estado é incapaz de gerir uma jaula de homens trancafiados. E propõe como solução construir ainda mais jaulas.

— E?

— E isso quer dizer que qualquer ideia que eu tenha tido ou venha a ter é a maior perda de tempo desde a discussão sobre a natureza de Jesus na Trindade. Não haverá mais DEOPS. Nem arapongagem, nem escuta telefônica da Polícia Federal ou do Ministério Público. Como pode haver uma escuta telefônica e polícia de inteligência num país de gente tapada e surda?

— Desculpe. Não pude deixar de rir.

— E o Estado do Esmeril de hoje é verdadeiramente tão bagunçado, que não tem competência nem para fazer uma ditadura. Estamos numa terra tão erma que nem o golpe foram capazes de aplicar com competência. Se eu fosse preso, é isto que eu temia, mas terei de dizer...

— O que? Diga.

— Minha cabeça seria cortada.

— Tem certeza?

— Minha inteligência, se alguma tenho, meu humor, se não ouviram já todas as piadas com um sorriso amarelo, poderia valer de algo. Mas tudo isso, enfim, valeria menos do que a vida fudida do detento, que em algum momento sentiu o chamado da ambição, para acabar se enredando nos papos da Dona Justa. E por isso é que nem haverá estado de exceção, com inteligência, nem haverá militantes inteligentes como eu. Nossa ditadura é tão medíocre que nem uma oposição de ideias seria reconhecida ou perseguida, nem por insubordinados nem por partidários do regime. Uma oposição assim, é capaz que terminasse nas páginas de cultura de algum suplemento centenário, isto é, se todos não tivessem já sido extintos em nome da economia de papel, há uns cinco anos atrás.

— Isso te aflige?

— Sim. Mas isso o quê? Nem sei o que me aflige mais: ter a minha cabeça cortada simplesmente por não escolher um lugar na guerra dos ogros; ou ter minha cabeça ignorada, e ser simplesmente varrido para debaixo do tapete.

— A insignificância, não? Isso é o que lhe dói? Ser irrelevante.

— Sim, a insignificância. Ah, tive um sonho. O prefeito-empresário eleito da cidade, não da minha, mas da capital. O prefeito estava num jantar comigo e outros conhecidos. Uma situação constrangedora para todos, mas respeitada com uma formalidade que, ainda me pergunto, de onde terá vindo. Uma das mulheres à mesa pergunta ao prefeito: tenho o projeto de fazer um jornal, a prefeitura me ajudaria com recursos financeiros? Ele enrola um pouco e responde algo vago. Em seguida, sem dar trégua, pergunto a ele: e caso você tivesse um jornal sob seu comando, quais seriam os assuntos sobre os quais seria melhor não escrever nada?

— Ele respondia?

— Respondia com naturalidade. Meu inconsciente é o reino dos cínicos: ele dizia que seria melhor não repercutir a polêmica sobre as construções, as informações erradas sobre a corrupção nas merendas, enfim, dava uma lista sobre outros temas que para ele não deveriam ser abordados. Então, sem querer, eu derramava um tanto da água do meu copo, apenas uns pingos, nas calças dele. O pulha usava calças brancas e ficava inquieto.

— O rei está nu. Isso lhe parece.

— Sim. Boa.

— O sonho continuava?

— Não. O sonho acabou.

14

— De repente olho para minhas mãos: as unhas estão vermelhas, pintadas. Mas não todas. Só as da mão direita. As da esquerda tiveram o trabalho interrompido. Quem me fez isso, à traição, deve ter percebido que eu estava acordando, então teve que fugir. Seguimos pela viela. Minha mulher me abraça, diz que não conseguirá viver sem mim, como se imitasse a si mesma, e ainda por cima fala de mim na terceira pessoa, como se eu já não existisse mais, como se tivesse morrido. Consolo a ela e em seguida parto. Deito-me na cama do hotel. Venta muito. Adormeço mesmo assim, mas acordo molhado, na madrugada seguinte, ainda antes do amanhecer. Há uma cratera nas telhas e não há forro. Vê-se o céu do andar alto onde está meu quarto naquela noite. Como choveu, há até poças no chão. Caminho pelo quarto e não sei como secar tanta água. Desço à recepção e você está sentado numa poltrona, lendo um jornal. Quando chego perto, você levanta a vista com ar preocupado, parecia que me esperava, mas continua sentado e me olha firme, como que me avisando de algo, porém sem verbalizar nada, e assim se acaba o sonho.

— Há poucas sessões você disse que estava se divorciando. Agora sua mulher ressurge em seu sonho com um texto que, em definitiva, não combina com o que você vinha relatando sobre ela até então.

— Sim, uma fragilidade que eu mesmo estranhei, no sonho.

— E suas unhas vermelhas, são fragilidade sua também?

71

— Eu sempre gostei de mulheres com as unhas vermelhas. Combina com minha ideia do que é uma mulher atraente. As de unhas esmaecidas me interessam menos. Em homens de unhas pintadas não costumo pensar, e minhas unhas eu nunca pintei.

— Vou ignorar seus estereótipos para não atrapalhar suas associações.

— Obrigado, Mago Merlin.

— Quem lhe pintou as unhas de vermelho?

— No sonho, minha mulher, claro. Minha ex-mulher.

— É algo claro para você? Possível na relação que vocês tinham?

— Quem mais poderia ser?

— Eu é que lhe pergunto, quem mais? Se sua mulher pintasse, estaria ela chorosa como surge no sonho?

— Mas se eu não pintei a unha. Não pinto a unha... até parece.

— Então quem pintou? Esse foi o máximo da transgressão que você conseguiu? Deixar-se pintar as unhas pela sua mulher, desde que fosse num sonho, para que você pudesse negar em seguida...

— Isso aqui virou um tribunal?

— Não se sinta acossado. O importante é deixar surgirem as associações.

— Pensei na cadeia. Em virar mulherzinha na cadeia, como se diz.

— Neste caso, o esmalte é apenas um encobridor de outra forma de virar mulherzinha? Por uma violação?

— Tenho visto as matanças de presos nas cadeias, e pensado sobre os destinos de gente como eu, que não seria do crime, numa sociedade democrática, mas que num estado

72

de exceção acaba sendo colocada na banda da marginalidade. E fiquei surpreso ao perceber que vai ser justamente nas cadeias que o exército vai começar a agir.

— Agir?

— Não vou perguntar se você não lê jornais, porque imagino o que seja passar o dia ouvindo neuróticos e um psicótico ou outro de vez em quando. E que eles te contam de delírios ou de escovas de dente e copos de café espalhados na sala. De tal forma que deve lhe dar um desejo enorme de se alienar quando chega em casa, ficar ouvindo alguma porra dum Chopin e tomando vinho com ar melancólico. Pois saiba que o presidente do seu país autorizou que as Forças Armadas comecem a agir nas prisões, para ajudar a debelar as situações que as polícias estaduais já não dão conta, que a Força Nacional não dá conta. Como a elite embrutecida já apoiava mesmo que os presos continuassem arrancando cabeças e corações uns dos outros, nada mais justo a fazer que transformar carne preta em alvo de milico. Vai começar na cadeia, doutor, a aliança do Executivo com as Forças Armadas. E, em paralelo, a polícia prendeu hoje um ativista numa manifestação contra uma reintegração de posse de um terreno ocupado, também para indicar os novos tempos. É uma questão de dias para a gente ouvir da boca de algum babaca graduado que o Estado não está dando conta disso, não está dando conta daquilo, e que constitucionalmente, vamos ter a colaboração das Forças Armadas para debelar manifestações de rua, ocupações de estudantes nas escolas... Para começarem a dizer na televisão, nos jornais oficiais, que as Forças Armadas são uma das instituições de maior credibilidade no país, que é delas que o país precisa para voltar a crescer. Enfim, quando começar, neguinho não vai nem saber de onde vem o tiro. O que era indizível vai virar até lema de camiseta, de canequinha de amigo secreto, uma tristeza.

— Você vê este gesto do governo federal como uma confirmação dos seus temores de uma militarização da sociedade?

— Como uma militarização do Estado, como a privação das liberdades individuais chegando a galope, meu caro e recalcitrante doutor. Como se a gente vivesse o poema do Brecht, reagindo com indiferença e batendo palmas para aquele que vai comer gloriosamente o nosso cu, com areia e mel.

— Em seu sonho, você diz que chove no colchão, que há um furo no teto. Há mais alguém com você neste, digamos, hotel?

— Não, estou hospedado sozinho e sem contato com outras pessoas.

— E sua mulher diz que não vai conseguir viver sem você?

— Exato.

— E você vê o telhado partido e vê a pouca luz que se projeta do céu no chão do quarto?

— Sim.

— E...

— ... e nada.

— Você já viu aquele filme, *O Sexto Sentido*? No qual o psicólogo não se dava conta — embora todos o ignorassem e não se dirigissem a ele — de que estava morto?

— Assisti.

— E a que você associa isso?

— Acho estranha a fala de minha ex-mulher tão sentimental e nostálgica, falando de mim como se eu estivesse morto, mas, ao mesmo tempo, tão saudosa. Ela não demonstra os sentimentos. É muito mais fácil ela se calar, ficar amuada, agressiva, do que dizer qualquer coisa. Custa demais para ela verbalizar qualquer coisa íntima.

— Mas neste dia ela se derrama, então?

— Sim, é estranho.

— Será que você não percebeu ainda que seu sonho se passa numa penitenciária e que você está preso nela?

— Penitenciária?! É isso!

— E como você veio parar na solitária?

— Não é possível, doutor, que eu já esteja em uma cadeia no sonho, que não sou nem réu primário, não precisaria nem me preocupar com isso, mas quem foi que me botou este esmalte à traição, quem é que vai me currar, doutor? Que verdades vou ter que revelar a quem não respeito como forma de continuar intacto?

— Pelo visto seu inconsciente já sabe mais a seu respeito e sobre o seu entorno do que você mesmo se permite ver. Você não se dá conta de que já está correndo perigo? Tome cuidado e preste atenção em tudo a seu redor.

15

— Não foi acidente.

— Não?

— Não.

— O que foi, então?

— Bom, se não foi acidente, foi deliberado. Eu não preciso explicar, e você não precisa me perguntar como se você fosse um retardado que não lê jornais e não comenta tudo no face.

— De fato, não tenho face, mas não é o que está em questão.

— Já sabemos, que o que está em questão sou eu e minha maldita vida miserável, minhas associações, meus desejos na infância, o tesão na minha irmã, o ódio pelo meu irmão, o primeiro trauma, a primeira punheta, o que está em questão numa análise é o sujeito, seu cuzinho e seu cocô. Mas, francamente, o barco está indo a pique. E se eu pago o que pago toda vez que venho aqui, só tenho que dizer uma coisa, que posso repetir como louco: não foi acidente. Não foi acidente. Não foi acidente. Não foi acidente!

— Você tem certeza?

— Eu posso gritar, posso repetir, posso me rasgar neste chão e me atirar pela janela do consultório repetindo que não foi acidente. Se eu tenho certeza? Não, é óbvio que não tenho certeza. Não tenho certeza de nada. Mas só se pode duvidar em uma sociedade que aceita o contraditório. Numa sociedade na qual, após uma morte suspeita, de um juiz que está incumbido de um processo que define os rumos do país, bem, esta sociedade aceita, antes de tudo, investigar as causas do acidente, mas aqui não. Na Esmerilhândia, não. Mil vezes não. Nos jornais, culpa-se de antemão o clima, e não há uma só manchete sobre o início das investigações nem das causas do ocorrido. Na internet são piadas, são *memes*, são gracejos, são certezas, de parte a parte. Terei eu a minha certeza também, ora. Bem, lhe digo, se caiu um avião com um juiz federal que é relator de um processo de dimensões nunca vistas na história nacional. Se ele morre subitamente, esta morte deve ser investigada. Apenas isso, investigada. Mas não. Tem uma cortina de fumaça sobre todos os acontecimentos. Os acontecimentos vêm a público pelos olhos de uns quantos repórteres, guiados por uns quantos editores de uns quantos veículos, que já têm uma posição *a priori*. Na rede social, cada caboclo já tem também seu ponto de vista, que encaixa ao fato do dia, numa brutalidade de arrepiar.

— Você está dizendo que também tem certezas?

— Vou dizer o que diria uma criança, ou muitas crianças de muitas gerações: o titio foi para a cucuia, o titio foi para o beléléu, o titio subiu no avião, mas logo o avião desabou do céu. Então o avião do titio... caiu de boca no mar, e o julgamento de antes... titio não vai mais julgar. Está bom assim para você?

— Quem é a criança que repete isso?

— A criança que tem senso crítico. A criança sabe que é o presidente quem vai escolher o sucessor. A criança sabe, inclusive, que faz uns dias que o presidente chamou as Forças Armadas para ajudar a resolver uma crise na prisão, e poucos dias depois ele liberou as Forças Armadas para circular em São Paulo, para debelar as rebeliões nos presídios.

— E isso o faz concluir...

— ... que não foi só o avião que foi para as cucuias e o beléléu. A tarraqueta nacional também foi violada, e agora tem sido com uma frequência tal, que a pobre já está até inconsciente.

— E as certezas?

— Doutor, não tem um segundo sentido, não tem uma outra interpretação. O significante colou o significado na panaceia nacional. As coisas são unívocas e transparentes. Pela primeira vez na vida, o que estou dizendo é o que estou dizendo, e não outra coisa.

— Por que então vir dizer isso, tão transparente, neste consultório, onde sempre se pode dizer outra coisa, ou onde sempre o que se diz pode ser escutado de outra maneira, por mim e por você?

— Porque os outros é que estão loucos. Porque os outros é que estão surdos, siderados com a própria voz. Porque tem uma tribuna de comentários na qual não é preciso escutar ninguém. Uma ágora de autistas. Quero substituir os artigos de opinião por disputas de vaquejada, em que a verdade seja o rabo do boi, mas na qual se tenha que trocar de posição ao final. Doutor, não dá mais para falar nada. O grau de alienação tende a ser alienígena. O grau de leitura tende ao nível livro na tumba. Tudo o que acontece de grave pode ser visto como uma simulação, uma armação, uma confirmação da regra de que políticos são iguais, mesmo quando não é nada disso.

— Bem, um juiz, relator de uma ação importante, morre num acidente aéreo em um avião de pequeno porte. E você chega ao consultório com um quadro de agitação profunda e, seria possível dizer, certa confusão mental. Fazendo questão, entretanto, de repetir o já sabido, e complexificar a fala com base em imagens da poesia. O que você quer?

— O que eu quero? Colo. Fuga. Tiro. Bomba. *Bunker.* Matagais. Pés de alfazema. Poemas de amor. Abrigo. *Impea-*

chment. Começar tudo outra vez. Projetos de nação. X-salada com bacon. Flores de sal no chocolate. Eu quero é começar de novo, doutor. Não estou mais aguentando. O cerco está se fechando em torno ao país, e não há metáfora, porque a metáfora agora é literal. A metáfora é um bando de homens velhos e brochas buscando potência nas armas, nas Forças Armadas, na adolescência dos cadetes, dos aspirantes, dos alunos de cursos técnicos. E os jovens vão dando votos de confiança, porque a televisão baixou o tom das críticas desde que o novo presidente assumiu, e porque as chances de se dar bem jogando num time grande, sendo atriz de novela, andam bem escassas para eles. Pois bem, concedo minha procuração para realizar as atividades que já faço. Outro que ocupe este meu corpo, porque o que está me deprimindo é que minha constituição tem a leitura dilacerada pela dilapidação da ética, da convivência nacional.

— ...

— Juiz, nós morreremos. Nossos olhos sentem o ardor das águas marinhas, e saudades das terras natais. Mas, juiz, morre gente demais por aqui. Gente-se demais morre antecipada, como dizem as placas do meu latim onírico. Enquanto você morria, meritíssimo, no Largo da Batata o exército já circulava liberadamente, para dar um apoio às meninas do ensino médio, para elas serem tratadas como vietnamitas; para os meninos com ou sem estudo entenderem o que se passava nos anos setenta. Para a pátria ir afirmando sua confiança maior nas Forças Armadas, enquanto o presidente se alimenta de sua ração moderada de cocaína, e ri sarcástico esperando o seu próximo trem. Se eu acreditasse em algo, em alguém, eu pediria clemência. Eu me poria de joelhos, até o deus me perceber. Mas não acredito em nada, em mais nada.

Nem no país em que a vida me lançou para viver. Melhor seria um tanque de óleo fervente, no qual cada um soubesse de fato o seu lugar na fritura nacional.

— Desculpe o atraso, quando eu estava vindo para cá, um deles me parou ainda na rua Joaquim Antunes com a Cardeal, pediu meus documentos. Isso não acontecia há bastante tempo. Os jipes verde oliva dominaram a paisagem até o Largo da Batata. Eu fico me perguntando se o Cadeião de Pinheiros inspira tanta precaução. São décadas de rebeliões e nenhuma antes tinha estimulado o governo a chamar os parceiros desse jeito, assim, numa demonstração de força abissal. No começo, não estranhei a abordagem, apesar do uniforme, porque foram anos tomando batida, no ônibus ou fora dele, sempre nas imediações da ponte ou da Marginal. Mas quando um velho, que parecia estar esperando para jogar dominó, assustou-se, eu também me exaltei. Uma operação padrão, mas com soldados plantados por toda a região. Um zoológico de milicos a céu aberto. Está ouvindo as sirenes?

— Prossiga.

— Todas as polícias circulam pela cidade. O exército circula pela maior cidade da América Latina, sob o olhar pacificado da imprensa, da Igreja, mas não sob o meu, que vejo tudo do chão.

— Você vê tudo do chão?

— Eu posso ver tudo de muitos lugares.

— E o que você vê?

— Primeira cena, do alto, do beiral de uma laje, a metros do chão. Vejo abaixo sete ou oito corpos estendidos no pátio. Corpos negros ou corpos mestiços, alguns estão decapitados, sob os olhares de outros corpos negros ou corpos mestiços. Os que olham ainda têm suas cabeças postas e caminham de um lado para o outro, agitados com os corpos deitados e sem cabeça que veem lá em baixo. Destaca-se entre os vivos, lá embaixo, um que porta um facão de mato. A câmera do celular faz um *zoom*. Não sei como chamá-lo, e mesmo vendo-o de perto, não sei se posso compreendê-lo bem. Ele dá um talho no tórax de um dos cadáveres e arranca, de um só golpe, o coração. Ele levanta o músculo e exibe-o aos demais, que estão, às dezenas, ao seu redor no pátio e acima nos beirais. Ouvem--se urros. Comemorações. Finda essa etapa, uma voz se ergue no meio da turba e diz: há um corpo ali que ainda está vivo. O açougueiro vai caminhando na direção dele, para finalizá-lo.

— Você assistiu a esses vídeos?

— O que importa, eu lhe pergunto, qual a diferença entre ser testemunha ocular, receber nossa barbárie pelo telefone, ser o assassino, ser o assassinado, ou ser o ministro da justiça?

— E qual é a diferença?

— Para mim, há apenas uma: há os que matam e os que morrem e, dentre estes últimos, os que morrem antes e os que morrem depois.

— Você acha que os que matam não morrerão?

— Dentro de algumas décadas, como dizia o economista, estaremos todos mortos, mas a posição no jogo faz uma vida inteira parecer mais ou menos vitoriosa. Eu penso no juiz assassinado e me pergunto o que vale uma morte gloriosa. Eu penso no presidente golpista e vejo o quanto vale uma vida numa posição de poder, na qual se decide, de um só talho, a vida de tantos por tanto tempo.

— De um só talho.

— De um só talho. O preso já tinha seu inimigo morto e sem cabeça, diante de si. O que é isso que faz com que uma morte não se consume nunca, que seja preciso arrancar mais um pedaço, cortar mais um pouco? Por que continuar matando um cadáver se não se vai devorar aquele coração?

— Se fosse comer o coração, faria diferença?

— Seria uma morte ritual. Haveria um sentido.

— E o presidente?

— Ele é indigno e vil, ele não enxerga o inimigo, ele não usa sua força corporal em sua defesa, ele trama contra o adversário, e ainda faz com que outros ajam por ele. Ele se esconde como o pior dos covardes. Só age no silêncio da lua minguante, quando nem as câmeras noturnas possam filmá-lo, e depois exibe gestos de condolência nas tribunas globais. Há uma pulsão sem-fim naquele que mata e continua matando, uma animalidade com a qual é impossível conviver, a animalidade engendrada pelos covardes que dominam a cena, pelo conjunto que compõe a máquina da humilhação e do extermínio. O presidente é um covarde que sempre acreditou na ilusão do poder. O que ele não sabe é que os chacais ainda vão poder alcançá-lo. E que os déspotas morrem à faca, como qualquer um dos negros sem face sobre uma poça de sangue do cadeião.

— Em quê seu gesto se diferencia do que o do seu amigo professor, aquele que queria atirar na ex-presidente?

— Eu estou falando em tese, os déspotas perecerão, com sofrimento, à faca, com seu sangue derramado e manchando para sempre o assoalho. A casa onde vivem deve ser incinerada, e não restará nada a eles após o gemido que antecede a aniquilação.

— Por que esta fala bíblica?

— Não sou profeta e nunca serei. Mas deixo que se derrame o meu delírio de dor no momento em que vejo a Esmerilhândia ruir. Você não está ouvindo as sirenes, cada vez mais fortes?

— E o que estas sirenes lhe dizem?

— O Largo da Batata, de tão poucas árvores, agora é de uma tropa do exército nacional. Há barreiras pela Cardeal Arcoverde, pela Teodoro Sampaio e na Faria Lima. Os homens de terno e as mulheres de saia saindo das firmas, na hora do almoço, se sentem seguros, mas já não sorriem como antes. Os nordestinos que serviam no restaurante por quilo, da esquina com a Rua dos Pinheiros, estão mais assustados, porque no Jardim Irene fecharam vários bares sem alvará de funcionamento, e um deles foi incendiado depois. Quem vivia do outro lado da ponte e já estava acostumado a tomar batida de policial, agora vê os métodos da polícia do exército e se surpreende também, não só porque há outro uniforme, mas também outro padrão.

— Outro padrão?

— Eles já não entendem a dinâmica. Não conhecem os rostos. Antes, era o amigo de infância que virou policial, conhecia-se a origem, a interação, e o fim de um conflito: repreensão, negociação, propina, surra, delegacia ou prisão. Uma série de possibilidades que estavam no proceder diário. Com o novo cenário, a lei é desconhecida. E isso começa a fazer muita gente temer. O olhar do milico é ausente. Eles vêm de outro lugar.

— E você?

— Quando eu era criança, eu já furtei uma borracha na prateleira do mercado.

— Sim, conhecemos a história.

84

— E eu passei pela humilhação que passa uma criança de nove anos no país do Esmeril: fui abordado, fui inquirido, fui desnudado, fui obrigado a provar que o caderno que eu trazia comigo havia sido pago, fui obrigado a conseguir dinheiro para pagar a borracha, fui obrigado a preencher uma ficha relatando o furto e fui instado a contar a meus pais. Era uma lei alheia a mim também. Meu ingresso no crime foi assim.

— Esse relato, no dia de hoje, o que tem a nos dizer?

— Muita gente da minha família, dos que vieram do Norte, entraram no crime, de outras formas e com distintos finais: o primo morto e esquartejado pelo tráfico; o primo preso por trabalhar num desmanche clandestino. A mim, me coube ser o ladrão intelectual, o que furtou a borracha no mercado e depois foi condenado pela vida afora, a pensar, a escrever, a falar. Eu entendo melhor os que se matam de revolta na cadeia do que o outro, o que nunca teve nem fome, nem necessidade, nem desejo de ter algo que nunca poderia. Eu entendo melhor aquele que talha um peito para ver se lá dentro tem um coração do que o outro, o que manda matar na segurança do seu palácio. Este é o que irá perecer.

— Você acha mesmo?

— Esse covarde se aliou com o exército porque sabe que sozinho sua vida está em risco, o governo está em risco. Porque ele não está do lado da justiça, ele não foi eleito, ele é e será a cada dia mais odiado, por mim, pelos meus primos que não são bandidos, pelos meus primos que foram bandidos, pelos que podem vir a ser, e até pelos que não são meus primos, por todos eles e, sobretudo, por mim.

— E os soldados na rua?

— Os soldados estão na rua, meu caro doutor. Os soldados estão na rua, pedindo os documentos. Eles não querem arrancar nosso coração. E, por enquanto, eles não querem saber nossas ideias. Eles só querem que a gente siga em fila, como eles aprenderam a fazer. Eu me sinto uma batata sem uso no chão frio do largo.

— Fui ver minha família e me deram "bom dia". Na padaria, me deram "bom dia". No jornal, discutiam a posse do presidente americano. Não venha me falar "bom dia" você também, doutor.

— Não é frase que você tenha ouvido de mim.

— Quando há rupturas assim, nem os dias podem se suceder. O tempo precisa se deter e as pessoas precisam, antes de tudo, se olhar com pesar e susto, não se cumprimentar e perguntar se está tudo bem.

— Você se lembra da metáfora da longa noite da ditadura?

— Não me lembrava, realmente. Mas você viu a recolha dos corpos?

— Que corpos?

— De todos os corpos, doutor. Havia trinta corpos em Belém, assassinados. No Rio, no mar de Paraty, eram cinco corpos destroçados da queda criminosa daquele avião. Em Natal, eram pedaços de corpos, às dezenas, eram cabeças, eram corações, eram braços, era uma simulação de churrasco. Estão matando as pessoas na Esmerilhândia, doutor. O Estado, os bandidos, a polícia. O meu país é um país de gente que morre e de gente que mata. Doutor?

— Diga.

— Doutor, por que é que do caminho do apartamento em que estou ficando até aqui havia tantos soldados?

— Você não sabe?

— Quero que você me diga, doutor.

— Porque o presidente autorizou o envio de tropas para a cidade para garantir a segurança das pessoas. Este é o texto.

— Isso quer dizer que o exército vai me proteger, doutor?

— O que você acha?

— Eu queria a sua resposta. Hoje estou me sentindo tão cansado. Meu corpo inteiro dolorido depois de uma noite em que não consegui dormir nem sonhar. Eu só queria que o senhor me dissesse, como se eu tivesse já tomado algum daqueles remédios fortes, queria só que o senhor explicasse, doutor, se o presidente é probo e eu devo confiar nele. Se ele está fazendo tudo pela minha segurança e pelo meu bem-estar. Se eu não vou me juntar amanhã a essas dezenas de corpos que estão se empilhando ultimamente.

— A psicanálise não serve para a pacificação e também não pode oferecer estas respostas.

— Que pena. Mas não era o senhor que queria me dar remédio?

— O remédio era para evitar uma ruptura, para dar condições para você manter o equilíbrio.

— Doutor, sei que este é o seu papel, o de promover associações, mas ruptura não é um termo sugestivo demais para hoje? Ruptura não foi o que aconteceu no país? Como poderia haver uma ruptura no país e não haver uma ruptura na minha vida? A minha mulher me deixou e eu vim morar num apartamento emprestado, aqui mais perto ainda do seu consultório. Mas os militares vieram junto. Não sei se os militares estão assim também no interior. Doutor, queria perguntar: vai ter estado de sítio aqui no consultório também?

— Fique tranquilo, aqui dentro, ao menos, ainda estamos protegidos. Aqui ainda se pode dizer, se pode ouvir e se pode associar. Não houve decreto presidencial proibindo as livres associações, os sonhos. Pode prosseguir descansado.

— Mas teve um decreto presidencial enviando o exército para o estado que solicitasse, enviando tropas para algumas cidades. Isso é sinistro. Sabe por quê? Porque minha família me deu "bom dia", na televisão eles também deram "bom dia", como se o tempo não tivesse sido freado pela mais extrema exceção. Doutor, hoje não estou me sentindo bem. Faz dias que não tenho vontade de me levantar do sofá. A sorte é que os trabalhos que tenho feito são à distância, posso mandar tudo pelo computador. É com esforço que venho até aqui no consultório, mas juro que não queria ver, tenho medo, muito medo.

— Na última semana você demonstrava um vigor tremendo, capaz de derrubar presidentes e ditar o futuro do país.

— O que me adoece é a anormalidade no que vejo e a normalidade no que dá o corpo à sociedade. Eu me lembrei de uma cena. Uma cena antiga já, mas que agora foi ganhando outro significado para mim, porque foi uma espécie de prelúdio. Foi há uns sete ou oito anos. Eu estava perto da Igreja da Conceição, em Campinas, precisei ir lá para passar na editora Rubi, na Benjamin Constant, o Mauro tinha me prometido um livro emprestado. Sempre gostei de ir ao centro. Depois do encontro, que acabou sendo muito rápido, tinha um policial, na praça, gritando com uma mendiga, tratando-a com violência. Ela estava no chão. Ele mandou ela se levantar. Gritava com ela como se fosse uma cachorra sendo adestrada. Foi juntando gente, e eu me aproximei também. Ele gritou mais uma vez. A mendiga se levantou, cambaleando, e foi na direção do guarda, porque ele tinha tirado dela uma trouxa com seus pertences. Ela avançou para pegar as coisas dela e tomou um empurrão, que fez ela cair no chão com uma poça de urina que se formou de imediato. Todos, de algum jeito, pediram calma ao policial. Que respondeu, transtornado, como se tivesse cheirado um silo inteiro de farinha: ELA ESTÁ BÊBADA! E se virando para a pobre: e vai para a delegacia! Enquanto arrastava a mulher, olhou para nós e disse: alguém mais aqui vai querer defender essa aí? E foi embora com a mendiga, que entrou empurrada no camburão.

— E depois?

— E depois eu quis morrer, porque estava indignado e não consegui fazer nada contra o policial, armado, transtornado, drogado, que dispunha do corpo da mendiga como se fosse um gato torturando um inseto menor.

— E se lembrou desta cena agora?

— Porque nossa miséria vem crescendo. E a violência vem crescendo. E eu me pergunto o que teria feito um soldado, hoje, diante daquela situação.

— O que acha que ele teria feito?

— Não tenho como saber. Teria apontado um fuzil para a cabeça do policial, mandando ele soltar a mendiga? Teria repreendido o policial e recolhido a mendiga no seu próprio Urutu? Ou, pior, a mendiga não estaria mais ali.

— Não?

— Tem morrido tanta gente no meu país, doutor. Estou melancólico, mas estou assustado também. Como é que os juízes vão julgar agora os grandes culpados, quando o relator do caso foi morto e não se fala publicamente nem sobre a possibilidade de um crime? Eu acho que quando a morte acontece diante dos olhos de todos, e ninguém nem ousa falar sobre ela, já é chegado o tempo em que um alguém, com qualquer uniforme ou sem uniforme algum, pode entrar na sua casa, pegar a pessoa que quiser, e retirá-la para sempre, sem que nenhum familiar dê um pio, e que na manhã seguinte todos digam "bom dia", "bom dia", que estranho, o fulano não veio para o café. Deve ter tido algum compromisso. Tanto trabalho ultimamente, né? Pois é...

— E os juízes?

— Os juízes também farão igual a essa família atemorizada. Dirão, que coisa, nosso colega magistrado, com seu amigo que era piloto há trinta anos e que até dava aulas de voo naquele aeroporto, que era considerado o melhor piloto, que fatalidade o avião dele cair, não é, logo às vésperas de ele homologar as delações desta ação penal, contra os corruptos. E acho que até a juíza mais temente a Deus dirá: são insondáveis os desígnios do Senhor. Ao que o outro juiz, mais aristotélico, rompendo expectativas, dirá: não acho que tenha sido Deus. Os demais erguerão os olhos, com a sutileza septuagenária e a imponência que suas togas lhes conferem, porém tesos, com a respiração presa. Sabem que as sessões do Tribunal são transmitidas pela televisão, embora isso, até então, nunca os tenha incomodado. O juiz aristotélico finalmente declarará: não foi Deus, foi uma coincidência, apenas. E todos voltam, o ar de novo nos pulmões, embora a respiração ainda superficial, a cumprir a tarefa de julgar, sob o signo do destino, no país onde aviões de magistrados, guiados por pilotos experimentados, caem, misteriosamente, por Deus ou pelo Acaso, e são sepultados no mar.

18

— Doutor, cai a tempestade total sobre o meu país. Um poeta da Ilha da Madeira, um lugar inexistente, disse uma vez num poema, que bom é ser odiado simetricamente por gregos e troianos.

— Claro, pois se ele era português!

— Da Ilha da Madeira, eu disse.

— Possessão de Portugal.

— Uma metrópole é que é uma possessão demoníaca sobre a vida da terra dominada. Mas não vim aqui para discutir nem literatura nem história com você. Minha pergunta é outra, é bem outra: será que a tempestade total que se derrama agora sobre a Esmerilhândia será suficiente para dar cabo a tudo, de uma puta vez?

— É o que você desejaria?

— Não fui eu a botar abaixo o que ainda havia de democracia, coalizão e consenso no país em que vivemos. Eu não apoiei supressão nenhuma nos mandatos, não preguei nem pedi a volta dos militares, eu não votei para que apresentadores de televisão assumissem prefeituras, governos e presidências neste e em outros países, eu fui contra – desde que apareceu a ideia absurda – as mudanças na constituição para regularem orçamentos. Fui, fui e sou contra. De modo que não sei se sou responsável pelo caos. Mas no exato momento em que se suspendem direitos e garantias e cidadãos se transformam em alvos, o que é que me cabe fazer, doutor? Clamar por um novo consenso ou desejar que me odeiem e que se venha abaixo toda forma de vida sobre esta terra novamente infértil, inculta, impossível?

— Quer dizer, você não foi o responsável por nada, então melhor que tudo se exploda?

— Eu apoiei o consenso, quando houve. Eu achei bom ter emprego melhor, ser aprovado em concurso público, poder comprar casa, carro; e ir viver no interior ver o país menos miserável e, ao mesmo tempo, ver que os pobres e os ex-pobres tinham possibilidades no mundo do consumo que antes eram impensáveis. Mas sei que havia gente pensando que os ratos estavam andando de avião, que baratas invadiram os shoppings, e que tinha muito preto solto pela rua, muito viado e muita sapatão se beijando sem vergonha pela rua, que as putinhas andavam mais rechonchudas e sorridentes e que já se falava – para as crianças na escola – que tinha gente que trepava usando o cu, que a família não é pai, mãe e filhos, e que há outros modos de se viver fora do casamento e do batismo. Será, doutor, que só um consensinho de nada, umas reforminhas de fachada foram suficientes para fazer despertar a ira da gente de bem, para fazer quererem jogar de novo o país inteiro em um enclave obscuro, firmado entre padres com as mãos cheirando a porra, políticos com as unhas manchadas de sangue e militares com os dedos manchados de pólvora? Doutor, este cheiro de merda que a gente sente quando o presidente abre a boca, o que é isso? Será que é assim mesmo?

— O que você acha?

— Que o presidente é um homem de bem, que se casou com uma moça de família, do interior de São Paulo, sob as bênçãos do nosso senhor Jesus Cristo, na Igreja. E que tiveram um filho, que leva com orgulho o nome do pai. E que ele, seguindo a constituição do país, pode legalmente chegar ao poder, o qual ele assumiu com responsabilidade e temperança, pensando sempre no bem da nação, à qual ele quis unificar sob o tradicional lema Ordem e Progresso. Mesmo nos momentos mais duros de crise, nosso amado mandatário tem se mostrado de grande temperança, e eu até diria que de ousadia também. É um orgulho ter um filho iluminado das elites no comando da nossa Pátria. Ele sabe que, se não ajudar o empresariado, não haverá emprego. Ele sabe que as reformas se iniciam por cima. Que se não houver o sacrifício dos trabalhadores, os mais ricos não poderão oferecer empregos. E ele entende, como poucos, a importância do capital internacional, que pode gerir nossas riquezas, jazidas, poços, com muito mais competência que o pobre Estado do Esmeril, esse paquiderme por princípio lento e corrupto. Eu tenho orgulho, doutor, orgulho e uma emoção cívica ao pensar no nosso presidente.

— E o cheiro de merda?

— Eu me sinto menor quando escuto o presidente. Eu me sinto infinitamente menor. Eu me sinto desimportante, eu me sinto fracassado. Eu sinto que a tempestade total vai se abatendo, e que aquelas mãos trêmulas, aquela voz rouca em falsete, aqueles olhos de cobra peçonhenta vão alcançar cada documento, cada lei, cada acordo que permitia um funcionamento mais ou menos aceitável do país e vai transformar tudo em ruína.

— Sua ironia não se sustenta?

— Tenho sentido dificuldade de me levantar da cama, lhe disse. A tosse finalmente passou. Mas cada dia é um tormento, se olho pela janela, o que vejo na rua não faz sentido para mim. O bairro cheio de viaturas. Nem medo eu consigo ter. E agora gregos e troianos vem nos falar em acordo! Aqueles a quem se denunciava como golpistas e os que se diziam as vítimas vão se sentar à mesa para uma nova anistia? Que anistia é essa em que não nos sobram nem as pregas do fiofó anal, depois que a gente já foi currado no curral, e levaram até a nossa escova de dentes, agora vai se propor um belo acordo? É isso mesmo? E o que é que eu vou ter em troca?

— Isso. Diga.

— Eu, que nunca tive religião ou partido, agora corro o risco, ainda por cima, de perder até a possibilidade de ter um país para votar. Eu vou morrer em pé, meu caro alienista, odiado por todos, os da direita e os da avessa, desviando de milico e de adesista, de terrorista e de evangélico, de corrupto e de leniente. Para mim já deu!

— Tempos atrás, nesta análise, você falou em fugir, em agir, já falou da sua impotência, já teve um colapso diante da sua própria fala, e agora, o que lhe resta é se deixar odiar? O máximo de seu ímpeto e de sua elaboração lhe conduzem a apenas isso?

— Eu sou um rato diante do muro, meu caro. Quer que eu arrume um emprego e vá comer queijo fino na Europa? Eu não passo de um emigrado, se eu fizer isso. E vou dar aula de português para quem acha que meu país e o máximo, superexótico e charmoso. Será que você não vê que o meu capital simbólico é viver aqui, que o pouco que valho eu conquistei aqui?

— Aqui?

— Um aqui deslocado. Um aqui já não existente. A cada vez que saio de casa para comprar um pão, eu vivo a distopia de ser observado pelos fuzis.

— Dá-se conta nos noticiários que a presença do exército é algo pontual, apenas durante o tempo que durar a rebelião no presídio.

— Por enquanto foram duas semanas, né?

— Duas semanas. Prossiga.

— Eu já não tenho meu aqui, e já não tenho meu alhures. E percebi, acho que já falei disso para você: que não posso ser guerrilheiro, porque a guerrilha virou traficante ou virou pacifista. E porque já nem consigo encontrar um grupo de pessoas que entenda o sentido de uma causa para arriscar a vida. Todos preferem morrer de graça, por nada, comidos pelo tempo, por um câncer, pelo cansaço.

— Uma morte gloriosa. Isso ainda seduz você?

— Bom, é melhor que uma vida medíocre. Mas ninguém faz guerrilha sozinho. Além disso, me pergunto: chegamos num grau tão extremo de brutalidade que, se bem-sucedida uma ação de guerrilha, quem é que assume o governo depois? Parece que a vanguarda da esquerda tem perdido muito tempo discutindo os governos da última década e meia sem conseguir dar com nenhum programa factível, que não seja defender o subsetor da subcausa da minoria oprimida.

— Você é contra as minorias?

— Sou contra ninguém conseguir construir um programa que seja para a sociedade, e não para uma tribo. Pergunta lá fora para o milico se ele, bom, perguntar qualquer coisa para um milico não há de ser boa solução... deixa para lá.

— Até a semana que vem.

— Não.

— Não?

— Não sei se volto. Tenho sentido fadiga desta análise. Desta fala que não conduz a nada. Enquanto eu sinto cheiro de merda, vejo os sonâmbulos na anosmia. Não sou o profeta de nada, mas sinto que a gente já perdeu. Você e eu também, doutor, a gente perdeu. A gente tinha que fechar a psicanálise. Tinha que fechar a literatura. Tinha que fechar a cultura. Tinha que desistir e pronto.

— E como se fecha, eu lhe pergunto, como é que se desiste da única coisa que se pode fazer, insistir na linguagem?

19

— Cravo a minha grande mão de grandes unhas na jugular
de Belzebu. Nunca mais fará sol por estas terras. Nunca
mais me levantarei da cama. Cavalgarei o capeta em pessoa
para tornar-me visível perante os olhos da sociedade civil.
Nesta manhã estou lúcido como os que estão no corredor
da morte. Existe sim uma lucidez, acredito eu, que vem dos
momentos-limite. Pouco me importa o que digam os jornais.
Do atentado, do acidente, dos soldados, dos privilegiados,
do futuro, da previdência. Não me importa. Sou um homem
estoico de tanga no inverno metropolitano. Nado de um lado
para o outro do espelho d'água de Brasília. Fico não minutos,
mas horas em silêncio porque deram cabo ao que havia de
vida ali. Sim, as estocadas do deus católico eu respondo
puxando as rédeas do Belzebu, para que o Carnaval cumpra
suas promessas de vida. Mergulho de cabeça no espelho
d'água e descubro afoito que o golpista é mulher. Na última
vez em que entrei no Palácio estava ela, a Coisa, a repulsiva,
a da língua peluda, a tonitruante acéfala manquitola chefe, o
engendro mutante, a calabresa de enguia. Não tem mais sol
no meu país. Não tem mais sol. Os militares hoje proibiram
o sol e a gente fica mudo também. Proibiram a palavra e o
sol. E a gente só pode falar nos consultórios, durante pouco
menos de uma hora, porque não temos mais voz, nem mais
voz nem mais sol. Ela veio, ela, o caniço do mentecapto, a
tanga peluda do cristo cagado, a hóstia chupada como um
pinto, ela veio, atravessou a cidade, a minha cidade, todas
as cidades, e foi desligando as luzes, foi acabando com tudo
por onde passava. A grotesca, o peido de pulga, a agreste, a

que tem descontrole do esfíncter, a que caga nas reuniões, a que peida, a que nunca teve leite nas tetas, a que grita com seu mau hálito de carniça ancestral, a que esporra pelo nariz, aquela que ninguém queria ter diante de si. Foi, foi, eu sei que foi na última vez em que fui ao Palácio. A firma inteira cercada de milicos, a mando dela, da devoradora de fezes de crianças, da usurpadora, da destruidora de credos. Foi, foi, a mulamba de quatro costados, com sua fala que não nos inclui, com sua fala enredada de culpar toda a humanidade, com o que fez tudo dar errado na firma, antes dela, da soberana ela mesma. A mordiscadora de botas do militares, a lustradora de rolas militares, a vendida, a indigna, a preconceituosa e sinistra. A mui sinistra e mui preconceituosa e mui vendida e mui chupadora de rolas militares. Ela, foi, sim, foi. A que se faz grotesca por sua grosseria, pela falta de cuidado, pela escolha vocabular sempre a pior possível, a sem sintaxe, sem estilo, a truculenta, a egoísta, a enrabadora de virgens, a comedora de efebos. Sabe o que me assusta? Sabe? É que Hermes Trimegisto, o Hermes, o Três vezes Cristo, o três vezes grande, ele já disse que o que está em cima equivale – mas não equaciona – ao que está embaixo, e que isso não é bom, não, isso pode ser a ruína. E se há e havia um golpista na cadeira de máximo mandatário, há também esta emanação, esta reles, esta imprópria, esta indigna, esta múmia toda falastrona, esta carniça com vida, esta aí, cá embaixo, tramando contra nós, tornando nossa vida uma vida muito indigna, tornando-a um fado, um fardo, um fio de baba, um suspiro final, tornando nosso inferno uma igreja pedófila. Dos chifres do grande golpista passando pelo seu cu lustroso, há um canal que leva a golpistas menores, em indústrias, escritórios, igrejas, universidades, salas de estar e salas de não estar... Pois, foi, assim como estou dizendo é que foi, foi, no meu último dia, no último dia em que fui ao Palácio, antes de desistir pela última vez de tudo, do sopro que ainda me movia, da esperança que ainda era possível um contragolpe, uma insurgência, nunca um acordo, nunca! – foi, foi na reunião dos colegas, de todos os colegas, ela já era metamorfoseada em monstro, por feitiço e magia das artes do Congo, que me libertam, é que pude ver, a face exata detrás da face exibida. Uma cara ante e diante da outra cara. E espumava pelas ventas um pus fétido que até soltava fumaça. Ela veio e nos disse, com sua voz de gralha, sua voz repulsiva e corvídea, coçou a pança cheia de banha de porco, soltou um peido enquanto isso, e pediu silêncio para que o cheiro do seu peido entrasse nos nossos narizes, se aderisse nas fossas nasais, na traqueia, nos brônquios, nas cavidades pulmonares, e depois deu meia volta, ela teria preferido dar sete voltas, mas não podia, porque era gorda e lenta, respirava fadigosa e com dificuldade, o que a tornava ainda mais asquerosa ante os olhos que a viam e ante os olhos que não a viam. Sim, mas veio, olhou para nós, não sei se nos viu. Porque não sei se ela pode nos ver. Mas nós, sim, podemos vê-la, sim, do jeito que eu estou descrevendo, porque ela guarda sua face de nós, mas podemos enxergar cada músculo daquele pescoço inchado e fedido, com um catarro verde e viscoso que se adere às paredes e produz sufocamento e escarro naquela boca venenosa. E ela falou: eu, eu, ela sempre fala eu, e ela falou de novo eu, e novamente eu, e não cansada de dizer a palavra fatídica, ela repetiu, eu, eu, eu. Eu ouvia e me perguntava e perguntava para o meu corpo inteiro: onde foi que todos erramos sobre a face da Terra, Belzebu, no qual estou montado, responda onde foi que erramos para que os piores viessem, para que os piores pudessem chegar, e se sentar na mesa do mandatário e nela lambuzar-se de merda regozijados pelo poder. Xalupa Dreckmann, a feia, a transida de ódio, um sintoma, uma chaga, uma lepra, uma sífilis, este é seu improvável nome, Inflamação Subcutânea, ela disse: eu, e repetiu, eu, e seguia dizendo eu, enquanto urrava sua única palavra, e eu ouvia, meu nome é câncer, meu nome é tortura, meu nome é tribunal de exceção. Eu. Eu. Eu. Eu. Ela, a facínora no comando, ela lamenta que nos anos sessenta o governo não tenha dado cabo de quem hoje se levanta contra ela para falar de democracia. Como é que aquele comunistazinho fala assim comigo, eu, eu eu, eleita pela maioria, por todos, eu, a suprema, eu, a digna, a justa, a ética, eu, poder encarnado, eu, a soberana. O crítico dela era o único a quem respeitar, a quem ouvir, com quem debater... e agora ele seria morto, ele seria devorado pela hiena com boca de carcará. O fim da resistência, da democracia, do bom senso, do civismo. O fim do fim. Silêncio brutal sobre a sala de paredes outra vez de pedra e de musgos. Sala de entrada da masmorra final. Os pedaços de carne e de gordura da Coisa que gotejam pelo chão contraponteiam o silêncio. Silêncio cheio de verrugas, corrimentos e cheiro gangrenoso nas ventas da gente. Ela quer não só repreender, mas esquartejar e devorar o seu crítico, ela quer que cada um de nós se lance a suas patas, contritos, arrependidos, buscando conversão, para que ela abra as pernas e mije sobre nós, em sinal de misericórdia. Canalha! Canalha! Não há fogo que consuma o estrupício de suas partes. Seus olhos injetados de um amarelo hético se arregalam. Risos amarelos, caras de reprovação, mas nenhuma palavra é dita. Xalupa nos governa, e não importa que o próprio Belzebu esteja sob meu cabresto, porque os colegas, parece que estão dormindo de olhos abertos. Xalupa navega numa piscina de psicóticos. Como foi possível? Sim, como foi? Foi, foi assim, como estou lhe dizendo. Foi da pior maneira, ela, a renegada, a morta-viva, ela nos domina e nos governa a todos, pela Lei, pela democracia, pela votação popular, ela nos manda subir e descer. Com tanta experiência, com tanto trauma, com tanta história, com tanto Heródoto, com tanto Maquiavel, com tanto Tucídides, como foi possível? Xalupa nos governa. Nos governa. Nos governa. Eu devo voltar para casa. Devo ficar na cama até tudo isso passar. Não volto ao trabalho enquanto estiver Xalupa. Como foi? Foi assim como eu digo. E você me ouve de uma voz que não é propriamente a sua nem a minha. Como você faz?

20

— Como você está se sentindo agora?

— Tirando a ânsia de vômito e a moleza no corpo, posso até dizer que a condição geral é formidável para esse farrapo que sou.

— O início do remédio é assim mesmo, mas logo você vai poder se valer mais dos benefícios.

— Não estava nos meus planos me medicar, mas acredito que foi uma boa solução.

— Digamos que foi a solução possível.

— Isso que você chamou de quadro dissociativo, vai voltar?

— É possível, mas bem pouco provável.

— Isso quer ou não dizer que eu enlouqueci?

— Seu quadro dissociativo está relacionado a um evento traumático, portanto certamente foi um episódio passageiro que não deve retornar. Sua crescente ansiedade ao longo dos últimos tempos se agravou ainda mais nos últimos dias. Deveríamos investigar qual foi o acontecimento disparador. É comum que em casos como este, advenha um colapso com o seu, no qual ocorrem estes eventos de dissociação.

— Passei a última semana dormindo quase o dia todo. Tirei uma licença de saúde no trabalho. Sinto dores de cabeça, náuseas, vertigem, o mundo é veloz demais para mim. Parece que me nocautearam para sempre.

— Isso é um quadro passageiro. Há um tempo para o organismo poder começar a ter os benefícios da medicação. Os primeiros dias são os mais delicados. Acompanharemos dia a dia, e logo você poderá voltar a sua vida normal. Por outro lado, seu corpo precisava deste descanso. Finalmente você pode novamente ter condições de repousar.

— Eu tinha uma fuga ou uma revolução para fazer, lembra?

— Sim, claro.

— E acabei ficando com a terceira e pior opção?

— Qual?

— A de ser sedado, capado pelas maravilhas da indústria química.

— O objetivo não é tolher você do que lhe move, mas tão somente retirar você do quadro de crise. Não é um ansiolítico que vai tornar você outra pessoa. Nem que vai lhe capar, para usar um termo seu.

— Todos falam da minha serenidade. Da minha bovina serenidade. Não é justo. Não é justo num momento de crise eu virar um simulacro de zebu.

— Pois é neste novo contexto que você vai poder decidir pelo rumo que irá tomar.

— Se vou tomar aquele velho navio... eu não preciso... de muito dinheiro... graças a Deus, e não me importa, *honey*...

— Escolher inclusive que música vai cantar neste divã.

— Tem um lugar comum, de que eu me lembrei agora, sabe? A geração que cresceu já depois do fim da ditadura veio com uma fala quase inconfessável: escutavam as canções daquele tempo e diziam que aí sim fazia sentido viver, havia uma causa, algo claro porque lutar. E lamentavam melancolicamente a democracia que os deixava sem opções dentro de um mundo traçado pelo consumo e pela falta – nossa – de dinheiro. Agora que nós temos de novo na Esmerilhândia um panorama nebuloso, golpes, acontecimentos difíceis de explicar, e um sem-número de motivos para insurgência e revolta, fica parecendo que a maioria galopante toma remédios bem mais fortes que o meu e mal consegue sair de casa ou ter qualquer reflexão sobre os acontecimentos.

— Sem um discurso?

— Sem um discurso. Sem uma causa. Esses dias, eu vi o whatsapp. Fiquei pensando que as pessoas falam umas com as outras, já sem ficha telefônica, já sem fax, já sem e-mail. As pessoas se falam.

— E o que tem isso?

— O que é que as pessoas falam?

— E o que você fala?

— Tem muita palavra o whatsapp, doutor, muito emoji, muita foto, muito áudio, muita palavra que circula para um lado e para o outro, muito cá cá cá, muito quá quá quá. Muito mal-entendido e nenhuma articulação. *The revolution will not be televised... will not be televised... will not be televised.* Dá para fazer vários *scratchs*, sabe? Pensei em mixar Oh, Darling, dos Beatles, com os verdadeiros negros – FelaKuti, sabe? Se os verdadeiros negros não puderem se manifestar, os golpistas continuarão em cena.

— E por que os negros?

— Tem que ser aquele que foi colocado como o último, como o mais baixo, como o que nunca poderia tomar a fala. Tem que ser este para reverter o quadro. Tem que ser. *Will not be televised... will not be televised... will not be televised... Oh, Darling, if you leave me...*

— Quem são os verdadeiros negros?

— Os que se mantiveram negros, apesar dos tempos, da opressão, do mundo do trabalho, da migração, da miscigenação, do branqueamento. O negro que será sempre negro e nunca terá como escapar. O que leva sua cor como uma orelha a mais, o que mesmo mulato, moreno, pardo, cafuzo, mameluco, sempre saberá quando chegar o olhar que faz dele o negro, o negro negro. O que alcança a plenitude ciente da sua cepa, sendo outra coisa e, ao mesmo tempo, o mesmo que os africanos que vieram de lá.

— São os verdadeiros negros que precisam se articular?

— Os falsos também. Todos temos que levantar a voz. Se eu puder fazer uma mixagem musical, quer dizer que as batidas dos diferentes discursos podem se articular em algum nível. Ajustar os *pitchings*. Quando tudo é silêncio, doutor, pela noite adentro. O cicio dos muros sendo pichados e mais um tambor vai se elevar no meu quilombo. E vai esperar ecoar. Não tem exército que me detenha. Não tem whatsapp no gueto, doutor. Não chegou nem a luz elétrica e cada um é zumbi, cada um é sinhá e sinhô, e vamos partir para a guerra, meu doutor. Vamos reinventar o samba em outro andamento afinal.

— Prossiga.

— As mensagens do whatsapp chegam sempre fora do tom, não articulam nenhuma música. Tantas vozes cruzadas na tela do meu telefone não tecem a manhã. Ao fim do dia, quando a bateria acaba e já estou exausto e não enxergo coisa alguma mais que me escreveram, o que é que tenho que fazer? Hoje em dia adormeço e inscrevo um silêncio entre todos os diálogos. Imponho um corte profundo em todas as palavras. Tento deter todos os verbos, todos os versos, todos os gritos, todos os "precisamos agir agora". Um silêncio que vai ganhando corpo, contorno e uma cor preta. Eu quero minha voz preta, meu silêncio preto, minha cara preta, doutor. Mas não me deixe ser boi.

— Por que tanto medo de ser bovino?

— Não quero uma lobotomia em comprimido. Eu sei como essa merda sacode o corpo.

—Tudo acontece no nível do corpo. O amor, a linguagem, a associação e a doença. O seu remédio também. Este que lhe receitei é de uma nova geração, vai lhe fazer sofrer um pouco menos, mas é claro que haverá incômodos. Você vai poder suplantar os incômodos. Não se preocupe tanto.

— Um salto mortal agora para mim é em câmara lenta.

— Mas você ainda pode saltar. E pode até escolher se salta ou não.

— Pois salto. E vou fazer, como estava dizendo, uma moldura preta com os contornos diversos em cada conversa interrompida. O que cada interlocutor entende de minha letra não fixada na tela é um universo. Mas cada universo se ativa ao mesmo tempo, na hora em que já não escrevo a eles, no fim do dia, por um detalhe prosaico que preferi não reverter ou remediar.

— Seu silêncio será mais significativo que sua fala.

— Agora que me recolho ao apartamento onde estou ficando, foi recobrado naquele lugar um certo tempo livre. Umas horas de sono, de acordar sempre na dúvida sobre a casa em que estou alojado, a casa onde me moverei. O jorro de palavras para todos os lados, não quero mais.

— Seu silêncio pode ser importante, desde que não dure. Não são tempos de recolhimento estes, mas seu corpo também precisa de um pouco de condições para se recuperar.

— O corpo vai se recompondo a cada manhã, como uma pedra a crescer.

21

— Um deles morreu. O pai ou a mãe. Já vou ao Instituto para liberar o corpo, mas, antes de chegar ainda, não sei a qual deles a morte decidiu levar. Telefono ao hospital para conversar com a médica. Ela diz que sim, que ambos tinham consulta marcada naquela data. Eu me surpreendo e pergunto: mas qual deles morreu? Ela insiste em saber se eu quero mesmo que ela diga aquilo pelo telefone. Claro que sim. Sua voz vai se embargando, até que me responde que aguardava a ambos na consulta, mas só o pai compareceu. Desligo. Digo – ainda impressionado com a morte e a capacidade alusiva da doutora – minha mãe morreu.

— Que repercussão tinha em você esta notícia?

— Logo disse que ela e eu tínhamos um diálogo difícil, truncado, depois de tantos anos. Tantas diferenças. Mas que a abraçava, que a tinha abraçado no último encontro. Abraço forte, como fazia sempre nos últimos tempos. Abraço sempre retribuído. Imaginei-a jovem outra vez. Quando mais nova, havia sido uma mulher muito bonita, ao menos a meu olhar infantil. Via-a novamente sob aquela luz privilegiada, viçosa, vistosa; e logo imaginava que não ia querer vê-la no caixão, com a maquiagem amarelada, com a simetria e a pele que só possuem as modelos e os cadáveres.

— E a que você associa essa morte, no sonho?

— Havia uma associação, no interior do próprio sonho, ou uma duplicação. Morria também uma colega do trabalho, que até há pouco havia sido minha chefe. Mulher inteligente, bem humorada, bonita, alguns anos mais velha que eu. Morria.

— Ao mesmo tempo em que sua mãe?

— No mesmo sonho, mas em dois compartimentos diferentes, como se fossem duas realidades. Eu ficava sabendo em um pátio mal iluminado, como uma rodoviária ou uma universidade. Logo caminhava para encontrar um bedel e um conjunto de mulheres, funcionárias ou estudantes, não vem ao caso. Elas conversavam sobre algo. Eram o coro trágico do meu sonho. Eu chegava, e como todos sabiam que eu trabalhava com ela, já começavam a falar e a me perguntar sobre ela. Eu, cansado, sem mãe, sem preocupação com as suscetibilidades delas, já dizia: a Clara morreu.

— Dar uma notícia assim é também uma forma de se vingar das pessoas, não? De causar a elas uma dor da mesma intensidade ou ainda maior que a sua.

— Ouvi os suspiros, os lamentos, e quatro ou cinco delas caindo no chão, atônitas, de imediato. E insisti: morreu. Morreu hoje cedo. Não estava doente, mas morreu. E foi isso, doutor: não era velha, mas morreu. Morreu e pronto. As duas morreram, a Clara e a minha mãe.

— É um sonho importante.

— Ao acordar, pensava que as crianças estavam brincando na cozinha, ouvia as vozes inclusive. Pensava em especial em um garoto, um que fala como se escreve, um filho de professores, por algum motivo achei que ele estava brincando, e a voz do menino de repente se transformava em grito lancinante, profundo, prolongado, agônico. Vou saindo pouco a pouco do sonho e percebo, era o canto profundo do secador de cabelo, no banheiro da suíte.

— Havia uma mulher contigo?

— Sim. Uma mulher de longos cabelos, que já havia acordado bem antes de mim e que os secava. Mas naquela madrugada e manhã tudo se transformava em monstros ao meu redor, monstros e pessoas mortas.

— E o trabalho?

— Sabe, doutor, há algo neste sonho que acho que eu poderia resumir assim: estar sem pai nem mãe na vida privada e na vida pública. Despojado de perspectivas, no fim das contas.

— Sem mãe, pode até ser. Mas seu pai, ao menos no sonho, é o sobrevivente. Quem morreu foi ela. E o que você me diz sobre isso?

— Tem razão. Sem mãe. Pois tem o mito do migrante. O mito do homem que sai de terras devastadas para um novo centro. Para reinventar sua própria vida e também para fundar outra cidade. Aquele que se vale da sua astúcia para se inventar num exílio que é recomeço. O sertanejo é antes de tudo um forte. Todos os homens de partida se encontram na rodoviária e rumam a outra terra nova, promessa de vida, sem sonhos americanos, algo para se construir do zero. Mesmo que seja São Paulo.

— Este é o seu pai?

— Este é o meu mito em torno ao meu pai. Meu mito pessoal, para minhas sucessivas migrações. Enquanto muitos têm o mito nas origens europeias, o meu dá conta de uma diáspora sem fim.

— Um mito judaico?

— Os judeus levam joias, baús com areia e ouro, um livro sagrado, uma marca no corpo, uma promessa de terra. Os retirantes não levam nada, nem memórias; levavam fome e expectativas.

— Há um desamparo nesta imagem. Mas também um gesto de força, para se lançar ao desconhecido. Podemos entender que você está desistindo de ficar e lutar?

— Hoje me sinto um homem sem discurso numa cidade sitiada. Sem mulher, nem mãe nem amiga. Um exílio de mulheres no meu país de atentados, assassinatos, rebeliões e militares. Hoje eu ia, doutor, com a primeira que me oferecesse um sonho de valsa, ou até mesmo uma balinha de fruta. Não tenho mais saco para querer saber de país nenhum. Já deu para mim. Mas não é o retirante que desiste, é sempre a chuva que não vem, a terra que se esgota, um outro horizonte que chama com qualquer promessa.

— E qual é o horizonte que chama você?

— É tão difícil dizer. Estranho estar diante dos pais, e ter de novo a condição do desamparo da infância. Como quando se chega na escola pública da periferia, no primeiro dia, sem conhecer um só rosto. Sem ninguém que olhe por você. E ir pouco a pouco entendendo essa língua nova, que é a fala de um professor explicando coisas que não se dizia em casa. Perder o país para mim é esse desamparo.

— Perder os pais ou perder o país, o que de fato desampara você?

— Uma sensação de orfandade geral. A ambiguidade revela caminhos dilacerados antes.

— Mas você tem língua e astúcia. Não há de forjar outra vida para si, no exílio?

— O que é a minha origem, senão as pessoas, paisagens e a cores da minha terra natal? Sabe, doutor, eu quis comprar nesta semana um livro que li nos tempos da faculdade, uma coleção de contos argentinos que tinha sido lançada há pouco. Emprestei a alguém, perdi, não lembro mais. Um livro do qual venho me lembrando através dos anos. Queria muito recuperar aquele exemplar, que eu lembro de ter aberto, escrito o nome na folha de rosto, e feito algumas anotações. Eu o retinha comigo, alguns minutos, antes de ler. Colocava-o na mochila e ia para todo lugar, enquanto ia enfrentando com avidez a leitura naquela língua estrangeira. Reler o livro de antes, quando sou outro, rever as anotações de quem fui antes de agora, e lê-las com meus olhos atuais, queria muito isso.

— Um livro que é quase um objeto de poder. Que remete a uma autorrefundação. Um nascimento intelectual. Não lhe parece que seria uma forma de suprir a perda, ainda que parcialmente, dos pais e do país?

— Suprir talvez fosse impossível. Mas o livro se apresentava como uma promessa tão boa. Procurei e procurei que acabei por conseguir algo: encontrei num sebo virtual um exemplar daquela mesma edição.

— Veja só. Imagino que foi uma sensação grata para você. Quanto terá durado?

— Claro que sim, uma ótima sensação. Foi um achado, literalmente, uma forma de recuperar aquela sensação física de estar com o livro. A mesma capa na foto do site. Comprá-lo foi um gesto automático, ainda mais hoje, quando quase já não existem mais livros.

— E foi mesmo reencontrar um objeto muito desejado e perdido?

— Exato. E foi hoje mesmo ele chegou em casa.

— E você pôde recuperar a sua autofundação mítica? Seu nascimento intelectual em língua estrangeira?

— Doutor, foi estranho. Era só um livro velho, de letras pequenas e páginas amareladas.

22

— Ontem me desfiz da vitrola, dos discos e de alguns livros. Meu amigo veio na antiga casa. Há tempos ele queria comprar a *pickup*. Insistia como um chato, eu desconversava como outro chato. Parecia que nunca ia acontecer. Que eu morreria abraçado com o equipamento que me remete ao fim da adolescência e ao começo da vida adulta. Nunca me senti à vontade para vender, sabe? Dava desculpas, que o aparelho, de tão antigo, tinha defeitos com os quais só quem o acompanhava há tanto tempo podia lidar. Que a agulha precisaria ser trocada. Que não dava para colocar um preço em algo tão pessoal, tão particular, tão precário.

— Mas finalmente você cedeu.

— Ceder? Não sei se isso é ceder. Envelheci, isso sim. Troquei por um favor. Favores e vitrolas, é bom que não tenham preço. Eu estava há muitos anos com aquele equipamento. Doía pensar em me desfazer dele. Mas agora tudo amontoado, num apartamento temporário, não fazia muito sentido reter tantos objetos comigo.

— E como foi o processo de se desfazer de coisas que lhe eram caras?

— Fiquei impaciente com a chegada dele, com o atraso de minutos. Não o convidei para sentar, não ofereci água, suco ou café, embora ele tivesse vindo de longe. Mostrei as plantas do jardim para ele e a namorada. Conversamos sobre a dificuldade de ver abertas as flores de um mandacaru. O tempo de crescimento do agave. O gigantismo da nopalera.

Até que não teve jeito, e ele foi se aproximando da sala. O equipamento ainda empacotado do último traslado. Foi mais fácil assim. Depois que carregamos o carro, falei uma coisa insólita.

— O quê?

— Eu disse a eles que eu estava indo embora. Despedi-me e entrei no meu próprio carro.

— O que há de insólito na sua despedida?

— Em geral a gente espera a visita partir, despede-se e entra na casa. Fiz o contrário: despedi-me antes, ainda na calçada, na porta do carro dele e fui eu mesmo embora.

— Você disse a eles que ia embora.

— Sim, foi o que eu disse.

— E quando você vai embora?

— ... não sei. Não sei mais nada. A verdade do meu plano é que preciso estar mais leve, para os tempos que chegam. Disponível para quaisquer novas ações, entende? Saí da vida com um choro guardado na garganta ou mais abaixo. Não havia lágrima que se atrevesse a cair.

— Você não chorava por um aparelho de som.

— Chorava porque com isso eu envelhecia. Abria mão dos objetos da juventude. Ainda mais depois do fiasco da recompra do livro. E chorava também porque, como você disse, eu ia embora.

— E o que é ir embora?

— Ir embora é como morrer. Os pertences se dispersam. Se existe a sorte de uma pessoa querida ficar com um objeto de afeto, algo permanece, uma memória. E todo o restante se dispersa. No fim das contas, pouco importa, porque o morto já não estará.

— E o que mais?

— A leveza. Que a vida precisa caber na bagagem. Que é preciso estar leve para partir, para desaparecer, para estar ou não estar, para não ser mais visível.

— Observo que, pela primeira vez em algum tempo, há extremo afeto na sua fala. Ir ou ficar são decisões que lhe implicam como sujeito. Não é mais um lance de dados. Enfim, você parece mais preparado para se decidir.

— Confesso que senti uma tristeza humana, da passagem do tempo, da morte das pessoas queridas, do apego. Deixar o país é deixar não apenas uma língua, mas o cenário das lembranças. Quando é que vou sentir de novo o cheiro do ar úmido de dezembro e me lembrar dos meus quatorze anos?

— Quais são seus planos?

— Ser portátil, invisível, ágil como os sacis, sem objetos acumulados, sem rastros, sem choros, sem memórias.

— O exato contrário do que você manifesta aqui.

— Como?

— Aqui você manifesta o peso de perder os objetos, o passado, os amigos. Aqui você não é o saci, mas um fantasma arrastando correntes, de luto pelo corpo que perdeu, pelo corpo nacional, pelo corpo da infância, por um entorno familiar.

— O plano é trabalhar nas sombras, seja como for.

— E seu IP?

— Ipê?

— O avestruz esconde os objetos no buraco, doa ou troca com os amigos, e deixa o localizador do celular ligado e ainda fica logado na própria conta de e-mail e se julga o mestre do ilusionismo. Seus planos são um devaneio ou têm lastro no mundo real?

— Não sou balão para ter lastro. A barafunda digital que supostamente aproxima as pessoas é o que menos me preocupa. Não está em jogo se vou fazer um suicídio digital ou não. O que está em jogo para mim é a partida, sabe? Eu não sou balão. E vou mais alto se deixar para traz os sacos de areia também. E além do mais, saiba que você não é o primeiro a testar se o louco aqui é adolescente tardio ou ousado demais para estes tempos. Não sou, nem uma coisa nem outra. A última vida *off-line* que tive foi em Cuba, ao longo de algumas semanas, a trabalho, mas já me parece que aquele país deve andar bastante mudado com a maior presença dos gringos. De todo jeito, o que quero é ter a casa despojada do acúmulo de papéis, roupas e objetos.

— Para o caso de ir viajar.

— Para o caso de ir viajar ou...

— Ou.

— Ou.

— Qual é seu papel estratégico?

— Interrogatório no consultório? Não me venha com seu simulacro de vida prática. A existência está em suspenso neste mundo cheio de calhordas. Se estão desarticulando toda a política, sou eu a ter que necessariamente responder pelo planejamento estratégico da revolução?

— Eu apenas lhe devolvo as perguntas que você se faz.

— Hoje eu só me faço uma pergunta: existe uma forma de migrar, se para onde quer que eu vá, a minha sombra está?

— E o que tem na sua sombra?

— Minhas lembranças, minha conta de e-mail, minha língua, meu país, minha família, minhas histórias, os amigos que já passaram e os amigos que estão. Eu me pergunto: como é que um homem pode sobreviver a si mesmo?

— Ora, te lembro que, na semana passada, você mesmo evocou o mito do migrante, da sua família.

— Sim, mas eu mesmo já migrei. Não era o mito do judeu. Eu não vejo um oásis, nem alucinando, que possa me fazer querer prosseguir. Tudo me parece perda.

— Como é que você poderia construir algo, neste momento? A construção parece fundamental para você.

— Construir?

— Sim. Qual seria a sua máquina?

— Uma máquina de emendar fitas de rolo. Dar a todas as fitas dispersas uma conexão. Construir uma narrativa à custa das imagens mais diversas já reunidas.

— Teria som esse filme?

— Não seria um filme. Seria muito mais uma forma de redenção da memória. Uma restituição da lembrança de um modo mais partilhável. Não é justo eu me sentir morto antes dos cinquenta anos, e ver que cada gesto de afeto a um amigo parece mais o último ato que eu poderia fazer em vida. Vivo num país de papel sem pauta. Parece que as linhas e a vida derivam. Preciso de algum ponto para me ancorar. A dispersão, que já fez tantas vítimas, periga me dissolver.

— Mas por que você acha que ir ao exterior seria perder o fio?

— O mundo digital que nos aproxima de todos, não permite um abraço. Não há solução para a distância física. Emigrar é como morrer, em certo sentido. Mas, pior, é estar como um morto-vivo, porque as imagens todas estarão preservadas, mas não se pode tocar mais ninguém. Os afastamentos agora são tão mais perversos.

— Você poderá ouvir cada um dos seus discos, mas não haverá os discos e não será a mesma vitrola.

— E a companhia não será a mesma também.

23

— Na calçada central de uma rua comercial, bem perto de um foto, havia uma caixa de papelão e pilhas de fotografias em preto e branco, e muitos negativos também. Como havia chovido um pouco, os negativos estavam esparramados e as caixas respingadas. As próprias fotos estavam orvalhadas de chuva, mas nada bastava para que eu me afastasse daquele universo. Pensei comigo mesmo: estas imagens devem ter pelo menos uns quarenta anos. Devem ser dos anos sessenta ou setenta, acho. Comecei a explorar os negativos e havia famílias e casais em praças, pessoas em torno de carros, retratos cotidianos em geral.

— Apenas isso?

— Não. Em certo momento, vi uma imagem que me deu um susto tremendo. Vi com clareza um close da metade superior de um rosto que era de uma pessoa conhecida, familiar, que parecia estar lendo um livro.

— Que pessoa?

— Eu mesmo. Vi a minha própria foto há mais de quarenta anos, em preto e branco. Para minha surpresa, na foto, àquela época eu já era adulto. Forcei a vista para ver se era eu mesmo ou apenas alguém bem parecido. Reconheci meus cabelos, meus traços, reconheci inclusive a atitude diante da câmera, mas não reconheci o livro. Recolhi o negativo junto com muitos outros, para revelações e ampliações futuras. Estava confuso com a descoberta.

— Qual foi sua descoberta, afinal?

— Encontrar-me no lixo alheio. Um resquício do passado íntimo de alguém. Ali pela rua.

— Na última sessão você contou que começava a se despojar de objetos de afeto. Agora você sonha que recolhe fotos dispersas. A que você associa isso?

— As fotos eram de um outro. Fotos pessoais, cartas enviadas, discos, podem bem ser um dia encontrados nalguma calçada, como acontece com as coisas dos mortos ou dos desaparecidos. Uma memória que não se retém. Topei com outro eu, jovem no milênio passado, de futuro incerto, alguém que um dia também desapareceu. Um duplo qualquer ou um eu virtual, que já não está aí para recuperar sua imagem, para guardar suas coisas. Alguém que já se dissipou afinal.

— Você teme ou deseja se dissipar?

— Já disse as duas coisas: que eu tenho medo de me dissolver, e também disse que queria ser invisível. Que importa uma foto? Um rosto pode ser qualquer rosto.

— Como se faz para perdurar?

— O projeto da paternidade, depois de certa idade, só se justifica como vaidade pessoal, porque o máximo que se fará é engendrar um órfão. Afora isso, outro projeto seria uma obra, mas obras já não têm valor. Seriam sempre apostas no futuro de outros, nada que pudesse render, nada para mim. Como não tenho interesse em ser um mártir, o mais provável é eu tentar uma via alternativa.

— A do soldado desconhecido?

— Na infância, a gente sempre ouvia falar na Legião Estrangeira. Para mim, significava ir trabalhar num exército que ficava no deserto, em Marrocos, digamos. Agora parece mais a possibilidade de uma horda de estrangeiros que não se entendem, não se reúnem, não se comunicam, quase uma rede social. Não consigo visualizar um grupo guerrilheiro sequer que tenha um programa consistente, que proponha uma transformação radical. Nunca pensei que o humor, o cinismo e a apatia pudessem ser tão desarticuladores.

—Você quer perdurar ou basta ser o soldado desconhecido? Sonha uma fama póstuma?

— O futuro não me importa, porque já não estarei aqui. Morrer por uma grande causa ou morrer de câncer, haverá tanta diferença assim?

— Muita gente persegue a grandeza no momento final. Um gesto nobre, um gesto heroico, um gesto de desprendimento que seja o único e que fique assim imortalizado por aqueles que o acompanharam.

— A que preço, eu me pergunto. Perdurar é uma forma de vaidade pessoal. O dolorido, para mim, é que as vidas se desarticulam. As vidas presentes, a mulher presente, a casa presente, os amigos presentes, tudo isso se esvai. Já vi casas de mortos se reduzindo a nada porque a família fez a partilha e, claro, foi cuidar de seus próprios problemas. A garrafa de um licor caro, guardada para uma ocasião especial que nunca houve, vai ser bebida por um adolescente afoito; o livro de leitura adiado vai parar virgem no sebo, para ser arrematado por um bom preço. A espera é da morte, doutor. A única coisa que conta é o tempo presente, se houver utopia, tem que ser para hoje. Sobra bem pouco depois que os tanques passam por cima de todos. Não é atrás de bala de borracha que eu vou, nem de foto no jornal, caolho.

— A sua utopia, no dia de hoje, é enunciável?

— Minha utopia, no dia de hoje, é achar um futuro alternativo. Nem que precise voltar atrás, encontrar uma foto no lixo, em que alguém como eu olhe nos olhos de uma mulher que se deixa ficar a meu lado, ouvindo um disco, numa outra vitrola que tivemos. Os acordes suspensos no tempo. A fumaça de um cigarro se espalhando na sala, um cartaz na parede sobre a Copa de 1978.

— Sua utopia é no passado?

— Minha utopia é uma foto rasgada, de bordas delicadas, brancas, com pessoas que sou e que não sou eu, levada pelo vento, encontrada por um mendigo, numa tarde de dezembro, e longamente considerada por ele, como se apenas ele pudesse ter o contexto da história. A ardilosa memória de quem já perdeu tudo.

24

– E, me conte, como você está se sentindo?

— Acho que os venenos do capeta que você me dá me fazem o pior mal possível: não me deixam dormindo, como eu desejaria, mas me deixam lento e lúcido. Ficar lento é a pior das provações: porque vejo o mundo a meu redor, na sua real velocidade. E creio que me percebo, porque já não sou o peixe que se lança à minhoca, considero longamente a minhoca. Sei que posso perdê-la, mas compreendendo toda a cena melhor. O lançamento e a expectativa que antecede o bote.

— Como as comparações são sempre precárias, e você não caça minhocas em anzóis, saiba que seu poder de ação está preservado. O que se refreia é a impulsividade, neste funcionamento não ansioso. E a lucidez não é mérito do remédio, certamente.

— Bom, me sinto lento, como dizia, mas posso ver com a lentidão necessária a ribanceira por onde meus companheiros caem.

— Sonhou algo?

— Não sonhei nada.

— Faz semanas que você não comenta mais nada sobre a situação do país.

— Tenho vontade de rir quando lhe escuto dizer isso. Não sou desses que se acham o centro do mundo, mas fico me perguntando o que é que você acha de mim. Eu venho aqui assiduamente, todas as semanas, e abro a boca para falar aquilo que, lá no mundo de fora, já não há mais espaço. Transformei nossa análise num chororô sem fim sobre a miséria política da Esmerilhândia, e o jeito como isso nos leva a morrer coletivamente, individualmente, dia a dia. Exagerei nisso a ponto de que tudo foi ficando insuportável para nós, para mim, para meu corpo. O país se esfacelando ante as botas dos milicos. Os atores-chave sendo eliminados à custa de intimidação ou acidentes de ocasião. E eu me pergunto: o que é que o cidadão aí pensa de tudo isso? Sua passividade, o seu silêncio, que me fazem falar mais e mais. Eu escuto sua voz nos interstícios do que eu digo, como um demônio que me faz afundar mais e mais na minha lama pessoal, para, num gesto ainda mais rápido, me fazer afundar de cara no lodo também. Sabe, eu nunca perguntei sua posição política. Procurava, vez por outra, nos seus olhos, um sinal de concordância ou desdém e nunca vinha nada. Agora eu estou aqui, completamente entregue. As minhas defesas se foram no dia em que passou a ser imperioso para mim trazer os sonhos, os sonhos que parece que eu sonhava para ter o que contar nesta análise. E eu nunca esperei grande coisa deste processo, admito. Nada além da transformação do mundo, do fim do nó de sangue que está a ponto de estourar na minha garganta ou na minha cabeça, de um alívio para meus dias, de uma saída para minha vida, enfim, admito que não era tão pouco assim... Um lugar e um discurso, uma posição, uma possibilidade.

— Seu confronto com sua fala e sua escuta da sua fala passam necessariamente por mim. Isto, não por mim, mas pela posição que eu, como analista, passei a ocupar para você. Meu papel não poderia ser outro senão lhe prover a escuta da sua própria voz. A elaboração desse seu jorro de verbalidades, dos seus giros significantes, da sua aurora, do seu ocaso, tudo isso incide sobre mim para que você tenha acesso.

— Do país, você me perguntava. O que me resta de país? Se a mulher de um presidente morresse, todos os meses, pontualmente no dia 12 e fosse sempre surpresa, eu me pergunto: quantas vezes, e em quantos países, teriam soltados fogos de artifício? Quantas vezes, e em quantos países, médicas e médicos como hienas, fariam gracejos sobre o corpo ainda vivo, farejando-lhe a morte? Quantos antecipariam complicações daquela a quem lhes era dado cuidar, e com certo desdém, se masturbariam sobre seu corpo enfermo? Isto é mesmo um país, doutor? Ou isso é um erro que derivou em outros... Não posso acreditar em nada. Não posso sequer fazer outra coisa se não balbuciar.

— Como?

— Eu não posso acreditar mais. Nós capotamos na curva do tempo. O que vem adiante é a exacerbação da fadiga, a quebra dos ossos, a ruína dos edifícios. O país acabou agora que os chacais admitiram a pilhagem e se regozijam da sua condição de redentores honestos. Agora que os jornais já fecharam, que basta o apoio das Forças Armadas, que a televisão propaga o sorriso amarelo que nenhum marqueteiro ou botox conseguiram transformar em humano, que o congresso inaugura a mais privada, exclusiva e luxuosa esplanada de gabinetes para penetrações anais e defloração de menores, que as igrejas oferecem conforto, refrigério e conformidade às almas perturbadas, eu não ficarei.

— Não ficará? Essa é sua resposta.

— Aquela mulher, a ex-babá, esta, a que estava casada há trinta anos, que por oito foi alçada à condição de primeira-dama, sim, ela. Que papel público e ativo teve ela para justificar o preconceito de que foi objeto, da perseguição policial em sua casa, remexidas as suas coisas e os brinquedos eletrônicos dos netos? Se isso não é torturar e matar, eu me pergunto novamente sobre o dicionário que sempre me ajudou a aprender português não precisaria ser jogado no lixo. Descansem em paz Aurélio, Houaiss, Aulete e o mais supremo pai de todos os burros da terra do Esmeril. Eu vi ela sendo morta, dia a dia, eu vi. A pressão subindo, os sentidos se confundindo, a respiração apertada, até advir o AVC. Eu sei que foi assim. E depois, presenciei o riso amarelo dos médicos. Eu não posso mais aceitar, nem em minha placidez bovina isso é coisa que seja admissível.

— Seu desabafo é compreensível. O grau de desumanidade tem atingido níveis impensáveis.

— Um povo embrutecido, que não sabe ler um poema ou ver um filme de arte, confundiu política com briga de rua. Não há mais espaço para mim. Já sou novamente *persona non grata*. Tão inconveniente, que só me resta esperar do lado de fora. Me mostre um fio de esperança, doutor, para que o arranjo possa ser diferente. Que possa haver lugar para quem faz da crítica seu meio de vida. Um povo que não sabe mais se emocionar diante de uma obra de arte, não saberá se emocionar diante de uma vida humana. Assim, sobra pouco. Responda, doutor, onde há um fio de esperança, e eu permanecerei.

— Não cabe a mim essa resposta.

— Claro. Seu *bussiness* são associações, cortes, escutas, não formação de quadrilha, associação para o crime ou perigo à segurança nacional, não é? A importância da arte para formar um ser humano, como dizia o Schiller, é coisa que se perdeu no saco fundo do século dezoito. Você se limita ao manual freudiano, quando ainda também fazia sentido calar, ainda não tinha nem acontecido o nazismo. Doutor, como fazer uma associação livre quando uma médica vaza uma tomografia da paciente e faz um bolão com os colegas para ver quando vai morrer a sua vítima, a paciente? Minha única pergunta é: quantas vezes e em que país, em que época da história humana, coisa semelhante poderia acontecer? Não estaria na hora de o senhor rever também suas práticas, doutor?

— Sou um psicanalista do meu tempo. Sou psiquiatra também. Não há nada significativo que tenha mudado na estrutura psíquica de ninguém. Essa barbárie que você sempre vem aqui relatar, não muda em nada seu inconsciente. É preciso insistir no discurso, suportar estes tempos difíceis. Sem se curvar, sem se embrutecer afinal.

— O meu discurso sobre suas práticas, que respeito até a página 15, não é o de quem vai querer lhe incriminar. Pois esteja certo de que para isso não precisa ser eu. Assim como a arte vai sendo estrangulada, para que o povo cada vez mais tolere graus maiores de barbárie, e ache que é cultural matarem os pretos na periferia, também a psicanálise será posta na ilegalidade, como corresponde a um país em que pensar virou exceção para a massa e sinal de subversão para os que o governam. Ou talvez nem isso, se você não entrar logo no ramo da autoajuda, da terapia rápida, nos livros para pintura, também você há de perecer. Dia desses você fica sabendo pela imprensa que sua profissão não é mais reconhecida pelo Ministério do Trabalho. Que apenas médicos poderão exercer a psicanálise, que se transformará em especialização do curso de medicina oferecida por alguns institutos privados. Todos serão psiquiatras e apenas os remédios dominarão a cena.

— Falemos de você.

— Para todos os efeitos, eu estarei esperando nas franjas do país, do lado de fora.

— Você conseguiu finalmente se articular com algum grupo?

— Não me cabe dizer isso. Alguma transformação é necessária, e não será trabalhando como funcionário público que hei de subverter o que há para subverter neste chão.

— É o que você pensa?

— Seu eu tivesse poder de mobilização, se eu tivesse um grupo disposto a se somar a mim para uma articulação poderosa, então eu poderia permanecer. Se eu tivesse um portal, um jornal, que tivesse sido criado ao menos nos anos noventa, e que pudesse ainda ter algum alcance ou audiência, eu permaneceria, e daria notícias de modo natural, como fazem todos os demais, dando uma sopinha doce no bico das gentes, dizendo o que penso que há que se dizer.

— Fico imaginando como seria um jornal dirigido por você.

— O fato é que o grau de letargia reinante me impede outra coisa, soluções inovadoras. Uma máquina revolucionária que aja fora da lógica da cooptação. É isso que me cabe fazer, meu caro doutor. Um sequestro noutra chave. Uma psicanálise de guerrilha, para dizer de algum jeito, de fora para dentro. Hei de encontrar uma tribo andina que me permita algo.

— Então você já não acredita mesmo que uma ação interna possa render resultados?

— Educação? Política? Cultura? Já disse, alguns dias atrás, que me dava uma sensação de nulidade agir num país em que o pensamento se tornou algo dispensável. Décadas atrás, se você fosse político, intelectual ou artista, tinha que travar um conflito inclemente com o Serviço de Inteligência, com o Departamento de Ordem Política e Social. Havia ao menos um monitoramento das ideias. Agora o que me assusta é que um procedimento desses parece dispensável. Como o pensamento é uma excrescência da vida social, parece que gente como eu perde em absoluto a função.

— Vou insistir para que você fale do que você concebe como sendo a sua função.

— Eu não sei se me preparei para este mundo de agora, em que o comércio rege as relações sociais, a política e a economia. Os ditadores ou, como é o seu nome moderno, os gestores, apenas querem continuar controlando a imprensa, porque aí já está feito todo o serviço. A imprensa e as forças policiais já dão conta de um povo contente. Desde que os direitos humanos deram lugar, na esfera federal, à segurança pública, o melhor mesmo é a clandestinidade. E eu quero fazer fogo nas sombras.

— Acho significativo que sua fala mais serena e mais firme surja neste consultório numa semana em que você afirma não ter sonhado nenhuma só vez.

— Há uma tristeza na desistência. Estou há dias com os olhos vidrados nos céus. Vendo se de lá despencam ideias, além das tormentas que vemos. Do ódio e do elogio fácil que a televisão promove de cada um dos atos de exceção.

— E algo surge?

— É mais angustiante que a guarda infinita num plantão, na noite sem termo do Deserto dos Tártaros.

— Pois eu condiciono a sua passagem a outra posição nessa disputa nacional apenas quando você me apresentar com mais detalhe o seu plano de ação.

— Isto é uma análise ou um inquérito?

— Se a militância é tão importante para você, quero que você se comprometa com ela aqui, neste consultório.

— Eu acho que você tem medo.

— Medo?

— Você também precisa de um rastro, doutor, de uma pista, de um caminho. Se eu acreditar de fato que você não é um informante, e quem dera nesta ditadura cafuza ainda houvesse polícias e militares preocupados com o que as pessoas pensam, quem é que garante que uma polícia de ideias não estimularia o pensamento, ao menos...? E eu tenho motivos para acreditar que você não é informante coisa nenhuma; só me resta concluir que você quer é participar também, que sua esperança é poder derramar-se inteiro a uma causa que não seja essa renúncia da escuta, que não seja a contenção de ouvir a fala dos homens de preto, das mulheres de vermelho, das crianças de tantas cores, e recolher-se na sua casa, tomar um trago de vinho, ou muito mais que um trago e tentar adormecer, já madrugada alta, com as vozes que te perseguem. As vozes que são dos seus pacientes, e que nunca o deixarão viver em liberdade.

— Isto é o que você supõe a meu respeito?

— Isso é o que eu posso dizer por hoje, meu caro doutor. A resposta ao remédio que você me dá é um remédio que lhe dou, também. Até a próxima semana.

25

— Como você está se sentindo?

— Por que a pergunta?

— Aqui é o espaço em que você fala de si, lembra-se?

— Lembro bem da semana passada. Não estou mais disposto, doutor. Definitivamente. As suas perguntas e as minhas evasivas. As minhas provocações e as suas evasivas.

— Seu humor tem oscilado muito ultimamente, não?

— Uma amiga do bairro me disse que tem um esquema possível no Uruguai.

— Você nunca falou dessa vizinha.

— Ela ficou presa, porque colou uns cartazes e pixou alguns muros.

— Quanto tempo?

— Aí é que está. Não é o tempo. É o ritual de exposição e humilhação. A máscara da legalidade e a exposição de todos facilitam os abusos como se fossem parte do processo normal. Não quero contar histórias repetidas. A moça humilhada e presa, e depois uma nota no jornal, dizendo que está ligada a grupos *black blocs*. E depois o prefeito dizendo que pichador é tudo bandido, e que o lugar deles é na cadeia. Animando as dezenas de pessoas que foram assisti-lo na praça, como se ele fosse do Village People, ele repete: pichador é bandido ou não é?

— Fale do Uruguai.

— O Uruguai é uma impossível resposta. O Uruguai nunca invadirá o Brasil. Lá tem mais boi do que gente e bem poucas pessoas. A memória de um presidente que se notabilizou por ações sociais e por não largar seu fusca. Lá eu seria um estrangeiro exótico, plantado na calçada em frente ao bar, num silêncio que iria me corroendo pouco a pouco, não teria paciência com o futebol local, e conheceria uma vez ou outra um pensador autodidata que teria feito todas as leituras dos livros fundamentais, que teria as ideias certas para tudo, mas que sempre insistiria que a publicação era gesto indigno e ainda pior que escrever. Será um amigo ocasional, testemunho do branqueamento irreversível do meu cabelo e barba longe do sol do grande país tropical em que um dia nasci. Com um plano de ação gestado dentro da minha cabeça, com a cumplicidade e o lamento de um bando de homens solitários, na mesa oxidada de um boteco no qual cada garrafa aberta ecoaria nas paredes em frente, eu me deixaria estar, e não voltaria jamais. E teria uma morte tranquila e suave, vinte anos depois, num inverno, e tombaria minha cabeça, os olhos vidrados, no aço da mesa do bar.

— Sua canção do exílio poderia também se chamar a canção do beco.

— A desistência é triste.

— E o que equivaleria a não desistir?

— Ir finalmente a San Cristóbal, na selva de Chiapas, conhecer os índios com seu tempo próprio, colocando em prática as horas caracol do Cortázar, levando dias e dias entre falas e deliberações, tendo as armas sempre como possibilidade, solenemente de costas ao Estado. Isso se me deixassem entrar. E fazer a revolução dos outros, ou ficar às suas bordas e propagandeá-la. Desejar profundo que uma rebelião indígena pudesse tomar todo o México de assalto, país que se irmana com o nosso pelo corte inveterado de cabeças humanas e violação de mulheres. Mas de lá talvez a revolução nunca chegasse à Esmerilhândia, e eu teria uma lembrança cada vez mais difusa da cidadezinha onde fui trabalhar, onde as famílias ordeiras seguiriam comemorando os feriados cívicos e os dias santos, sob a guarda de um prefeito que, por sua vez, em público valorizasse os valores da família e da Igreja Católica. E muitos continuariam soltando fogos de artifício a cada novo golpe, ou quando fossem morrendo os últimos progressistas do país.

— Você tem meios para essa escolha?

— Tenho um amigo jornalista, que poderia me acolher, às bordas dos Caracoles. Entrar ou não seria questão de estar à disposição. Um brasileiro meio índio, meio preto, meio clareado pode se parecer com qualquer povo latino-americano, pode aprender qualquer língua, pode se metamorfosear em qualquer etnia desse chão. Mas não sei o quanto poderia abrir mão do meu lugar de origem, de meu fracasso originário para me entregar a uma causa que salva outros tão distantes de meu cotidiano. Não sei.

— Por sua fala, sua dificuldade maior não é encontrar lugar a onde ir, mas como seguir sem se desligar do laço profundo que o enreda ao roteiro do seu próprio país, não?

— Eu não tenho orgulho de ser aqui da Esmerilhândia. Mas a perspectiva de me engajar em um movimento que só de muito longe poderá reverter benefícios ao que se passa aqui, para mim, soa a uma terrível renúncia. Finalmente confesso. Com a tranquilidade de quem se entope dessa farinha medicinal de enxergar tão cru.

— O olhar é o seu. Não faz sentido atribuir a um remédio o seu próprio ponto de vista em relação a seu país e à sua condição.

— Eu lhe confesso que perdi o fio. Que sou aquele que acorda todas as manhãs sem saber mais qual é seu lugar na vida. Sem um ofício que seja desejável continuar a praticar. Sem o amor de uma mulher que o faça, sim, querer ir ao outro lado do mundo e voltar. Sem filhos. Sem amigos. Uma ruptura que me condena ao exílio onde quer que o homem que sou esteja. Sou aquele que já é o pária, de aqui por adiante, por sua própria condição de desajustado à euforia da reconstrução nacional. Porque me interessa mais a Esmerilhândia que era mais preta e mais pobre, e que se construía à custa de autorreconhecimento e redistribuição, ainda que tímida, do que havia de sobra a manobrar. Não a esta transnacional de vidro e aço escovado da Faria Lima, com calabouços inoxidáveis para moer os pobres e transformá-los em alimento para cães. Deste país eu tenho vergonha. E o outro eu já não consigo recuperar. E não sei se ele retornará, em décadas.

— Não mesmo?

— Eu sou a minoria, doutor, nesse momento inclusive uma minoria menos barulhenta, menos combativa, menos cheia de certezas. Eu sou o militante medicado e dubitativo que caminha solitário sem passeatas, sem bandeira às costas, sem grito inflamado, sem arma em riste, sem revolução pactuada, sem horizonte estratégico, sem aparelhos para reuniões, sem líderes, sem partidos, sem esperança, enfim. Eu sou um bosta.

— Você é um rosto desfocado em uma foto em preto e branco de quarenta anos atrás?

— Pior, eu sou um homem contemporâneo, de vigor físico, ideias, personagem do meu tempo, e que se descobre num beco, e que não consegue se mover dentro do próprio país. Sem direito sequer a se aposentar, sem previdência, sem o desejo de levar adiante a ficção de nação em que se move. Sou um homem amargo, doutor.

— E o que finalmente este homem vai fazer?

26

— Bom dia, sou brasileiro e meu humor ainda oscila. Entre a tristeza, o ódio e a descrença. A alegria do carnaval, porém, não tomou nunca mais de assalto o meu espírito. O futebol tampouco tem seduzido mais meus olhares, porque nunca vou me aposentar e ao menos os mais bem-sucedidos ali em campo, sim. Porque envelheço e todos envelhecemos, menos o atacante, o que vai ser o melhor do mundo da FIFA, o que ganhará muito mais dinheiro que eu e nunca morrerá. Não tenho orgulho das frutas nacionais, dos bichos nacionais, das selvas nacionais. Nem das hidrelétricas, nacionais ou transnacionais. Gosto de samba, mas de samba triste. Da Maria Rita, quando se descobre órfã. Acho lindo o Orfeu da Conceição filmado por aquele francês, mas acho abjeta a ideia de ser retratado como um povo feliz que pula e dança, em meio à sua miséria material. Eu não sou um homem feliz, você sabe. A minha felicidade foi sequestrada numa sequência de ações que muita gente jura que não foi orquestrada, de fazer deste lugar um lugar pior. Não sei o exato momento, e não seria justo atribuir meu fracasso como homem ao sucesso de uns quantos usurpadores. Mas também não nego o quanto minha vida foi ficando pior a cada dia, quando uma nova morte, um novo acidente, um novo decreto, uma nova notícia, iam dando conta de que este era agora um país diferente, reassumido por suas elites históricas e que olhava com austeridade para a própria economia. Este país que exige o esforço de cada cidadão, para pagar ajustes fiscais, dívidas alheias, salvar bancos, vender empresas estatais, para mim, é uma ficção que me faz querer nunca ter feito parte dela, em nenhum nível, em nenhum papel. Não sou religioso. Nem cristão, nem do candomblé. Não acredito nos cultos nem nos rituais. Eu acho bonito o atabaque, e eu já chorei em procissão de ramos. Mas não sou um negro. Não sou um branco. Não sou um índio. Não sou brasileiro. Foi arrancada de mim a nacionalidade, esta doença do século dezenove que tanta guerra produziu nas décadas seguintes. Nenhuma afirmação ou empoderamento me redimem. Não tenho motivos para amar os gays nem os veganos, nem para odiá-los. Não estou em nenhum lado do jogo. Não sou moderno, nem hipster nem pós-moderno, quando me sento no chão para escutar no rádio de pilha, algum programa transmitido em outra década, quando também este não era um país melhor. Ao menos as vozes vindas de outro tempo me fazem lembrar que ao menos um dia eu já tive infância e me era mais fácil rir e sorrir, mesmo que diante de desgraças proporcionalmente bem maiores para a pouca estatura de que nem ainda não completou cinco anos e para sua pouca compreensão. Eu uso chinelo de dedos, que foi como aprendi a caminhar desde cedo, pela rua, não por nenhum motivo em especial. E eu gosto de caminhar, sempre na esperança de encontrar alguma novidade, mesmo que as novidades sejam escassas e as calçadas, erráticas e esburacadas. Sou um homem de esquerda, porque sou de origem pobre e nunca estive adaptado ao lugar oferecido a quem é pobre no país em que vivo. Enriquecer não seria solução, por não apagar os pontos anteriores da trajetória, e por não eu não estar na dialética do senhor e do escravo. Não sou rico e sei que não enriquecerei. A via da linguagem não traz nem riqueza nem felicidade, bem o digam os psicanalistas. A injustiça me deprime, mas não sou justiceiro nem humanista. Não me lanço às causas humanitárias. Tenho desconfiança da humanidade, porque sei que ela não perderá a primeira oportunidade de se autodestruir. Posso até amar e respeitar algumas pessoas, mas sei que o amor e o respeito não nos movem, e que, no conjunto, somos uns chacais. A família, essa unidade prática da vida social, continua me surpreendendo, pois é nela que se praticam pela primeira vez o despotismo, a injustiça e o crime; e também o amor e a solidariedade, sem mediações; o sexo, não. O sexo é a única forma de sair da família, a via que pode sustentar a suspensão e a exceção. Mas também reproduzir famílias, modelos, protocolos. De toda forma, quando um corpo nu se abraça a outro corpo nu, há algo com que a cultura mal pode lidar. Quando esses dois corpos são atravessados um pelo outro, pode advir uma rebelião, ou apenas uma suspensão para voltar ao mundo produtivo. Acredito em rebeliões, revoltas, revoluções. Em horizontes e em pontos de fuga. Nas flores noturnas e fugazes dos mandacarus. Não é fácil, de todo modo, acreditar na humanidade, talvez nem haja motivos para fazê-lo. Corpos estilhaçados, estuprados, desnutridos voam pelos céus do planeta enquanto digo estas coisas. Diante do panorama atual é preciso ser triste. É preciso acreditar na tristeza, não ceder à ironia, ao gracejo nem ao riso desmobilizador. É preciso deixar fermentar a desesperança, para ver o que nasce daí. É preciso observar o ódio, sem se entregar a ele. Praticar o sexo como confirmação da vitalidade, e o amor sempre fora das instituições. Se eu acredito na psicanálise, doutor?

Esmerilhândia, fevereiro de 2017

Sobre o autor

Wilson Alves-Bezerra é escritor, tradutor e crítico literário. *Vapor Barato* é sua quarta obra literária e sua estreia no romance. De seus livros anteriores, *Vertigens* (poemas, Iluminuras, 2015) recebeu o Prêmio Jabuti na categoria Poesia; *O Pau do Brasil* (poemas, Urutau, 2016) foi publicado em Portugal; e *Histórias zoófilas e outras atrocidades* (contos, EDUFSCar / Oitava Rima, 2013) está sendo lançado no Chile, com o título *Cuentos de zoofilia, memoria y muerte* (LOM, 2018). Wilson traduziu autores latino-americanos como Horacio Quiroga (*Contos da Selva, Cartas de um caçador, Contos de amor de loucura e de morte*, todos pela Iluminuras) e Luis Gusmán (*Pele e Osso, Os Outros, Hotel Éden*, ambos pela Iluminuras). Sua tradução de *Pele e Osso*, de Luis Gusmán, foi finalista do Prêmio Jabuti 2010, na categoria Melhor tradução literária espanhol-português. É autor dos seguintes ensaios: *Reverberações da fronteira em Horacio Quiroga* (Humanitas/FAPESP, 2008) e *Da clínica do desejo a sua escrita* (Mercado de Letras/FAPESP, 2012). Publicou ainda a coletânea de resenhas *Páginas latino-americanas* (EDUFSCAR / Oficina Raquel, 2016).

CADASTRO
ILUMI//URAS

Para receber informações
sobre nossos lançamentos e
promoções envie e-mail para:
cadastro@iluminuras.com.br

Este livro foi composto em *Garamond*, pela *Iluminuras*
e foi impresso nas oficinas da *Meta Brasil Gráfica*, em
Cotia, SP, em papel off-white 80g.